品成

阅读经典 品味成长

故事写作

王阳◎著

人民邮电出版社

北京

图书在版编目（CIP）数据

故事写作 / 王阳著 . -- 北京：人民邮电出版社，
2025. -- ISBN 978-7-115-66512-6

Ⅰ. I054

中国国家版本馆 CIP 数据核字第 2025W72S57 号

◆ 著　　　　王　阳
　责任编辑　郑　婷
　责任印制　马振武
◆ 人民邮电出版社出版发行　　北京市丰台区成寿寺路 11 号
　邮编 100164　电子邮件 315@ptpress.com.cn
　网址 https://www.ptpress.com.cn
　三河市中晟雅豪印务有限公司印刷
◆ 开本：880×1230　1/32
　印张：6.375　　　　　　　2025 年 3 月第 1 版
　字数：128 千字　　　　　 2025 年 11 月河北第 7 次印刷

定价：59.80 元

读者服务热线：（010）81055671　印装质量热线：（010）81055316
反盗版热线：（010）81055315

用一千零一夜的积累，成就天方夜谭的梦想

把书写得让不爱看书的人都爱看，这才算厉害。

我希望本书的读者年龄范围为 10 ～ 100 岁，同时我想把读书变成一种让人上瘾的有趣的事。只要你翻开我的书，你就是我的读者。无论你的年龄多大、职位多高，我都希望你能从中有所收获。当然，我更希望你能像朋友一样与我交流，因为我相信，通过阅读书中的故事并体会其中蕴含的道理，你一定能够过上更加幸福、快乐的生活。要想在生活中有所突破，有一个条件，那就是掌握丰富的故事。说到"一千个故事"，你会联想到什么？没错，是《一千零一夜》。它还有一个更为人熟知的名字，叫《天方夜谭》。所以，我想借这本书送你一句最真诚的祝福："积累了一千零一夜的故事，你的天方夜谭般的梦想就能成真。"

学会讲故事有什么用？改命

学会讲故事有什么用？它能改变我们的命运！

我的学生中有初中毕业的咖啡厅服务员，有高中毕业的武警战士，还有给春晚演职人员送盒饭的农民工。他们凭着跟我学的"三脚猫功夫"，有的顺利进入了传媒业，有的当上了文化公司的老板；即使那些仍在从事原来工作的人，也在表达方面有了巨大的提升。下面是我的一个从事房产中介工作的学生，在自媒体上讲述的一段我教他讲故事的经历。

师父中午没吃饭，所以我打算给他买一碗凉皮。在琳琅满目的超市货架上，我一眼就发现了它——特别引人注目的一袋草莓牛奶。其他袋装牛奶都软塌塌地躺在货架上，唯有它，凭借特殊的三角形包装昂首站在那里。它嘴里叼着一朵鲜花，眼巴巴地看着我，像是在说："带我回家吧！"它的模样真像一个薄皮大馅的饺子，装了一肚子的美味，让人忍不住想去品尝一下。我毫不犹豫地把它带回了家。到了师父家，我饶有兴致地给他讲起了这袋牛奶。我告诉师父："其他袋装奶拿得起但放不下，必须一下子喝完，可是这袋牛奶可以随时立在桌子上，您可以慢慢品尝。"师父惊讶地看着我，赞叹道："你分析得非常到位！"接着，他又像考试一样问我："你再评价一下凉皮吧。"

我实话实说："芝麻酱有点稀，稠一点就好了。稠稠的芝麻酱裹着每一片凉皮，再加上一点花生碎、一点点白芝麻，不光味道会更好，还更好看。"师父笑了，他说："你这孩子，平常不怎么说话，但只要一说话，总能说到点子上。"跟着师父学习讲故事，让我成了一个注重细节的人。我从事房产中介工作，如果客户是腿脚不便的阿姨，我会告诉她，下楼右转走 763 步，上下 12 个台阶，能到菜市场；如果客户是年轻的家庭主妇，我会告诉她，这个小区超市的黄瓜 1.89 元／斤①，而在 300 米外的另一个小区超市，黄瓜每斤贵 0.39 元。不管生意能不能成交，客户都会记住我，一个用心做事、注重细节的房产经纪人。我学历不高、资历尚浅，靠什么在北京这样的大都市立足？那就是认真地做好每一件事。站在客户的角度，用双脚丈量被别人忽视的每一段距离，用心体会未来住户要面对的每一个设施。老天总会眷顾那些用心生活、努力工作的人。

讲故事最好的方法就是注重细节，把每个细节讲生动就能形成一个精彩的故事，而把每一个细节做好，就可以成就一个

---

① 1 斤 =0.5 千克。

精彩的人生!

能不能学新闻专业

2023 年高考结束后,网上有人说:"就算把孩子打晕,也不能让他报考新闻专业。"这一言论引发了广大网友的热议。

传统媒体正受到各种新媒体的冲击。一些报社、电台、电视台甚至连发工资都成了问题。新闻专业的就业现状确实让人痛心。作为如此重要的专业,新闻专业怎么能沦落到让人不敢报考的地步?这是所有新闻人都应该深刻反思的问题。不要把传统媒体没落的原因归结为新媒体的崛起,传统媒体依然具有巨大的优势。看电视的体验不比看手机差,大屏幕、轻松一按遥控器就能看到影像。电视是每个家庭的电影院,全家人聚在一起观看的媒介依然是电视。再说广播,随着开车的人越来越多,车与广播的搭配简直是天作之合。我收到的最好的生日礼物是我出生那天的报纸……在今天这个信息瞬息万变的时代,依然有很多值得珍藏的时刻。问题在于,你能否制作出让大家愿意珍藏的报纸。

一个从没当过一天记者的老师,如何教采访?一个从未参与任何报道的老师,如何教新闻写作?我可以负责地说,一个初中毕业的服务生跟我学了一个月,比很多在新闻专业学了四年的大学生收获都大。

直播"嫦娥五号"发射时，我的团队负责制作开场大片。通常的做法是回顾前四次发射历程，但我们别出心裁，讲述了地球和月亮的爱情故事——《地月之恋》。以下面这句话为例，我们来看看文字写得有多优美："你的每一次阴晴圆缺，我都会为你心潮澎湃。"这句话讲的是什么现象？是潮汐！你能猜出我用了什么配乐吗？《月亮代表我的心》！如此重要的新闻直播开场，竟然可以如此深情、文采飞扬，这些都不是从教科书中能学到的。真正有实践经验的新闻人，应该走进校园，传道授业解惑，为党和人民培养优秀的新闻人才，贡献自己的力量。

传统媒体应积极宣扬主流价值观，传递正能量。无论互联网上有多少污浊之气，无论这些浊流多么汹涌、凶险，我们都必须成为抗击它们的中流砥柱。如果优秀的年轻人不去报考新闻专业，谁来接我们的班？在世界媒体价值观的较量中，中国不能败！

如果你想加入权威媒体，成为优秀的主播，本书可以帮到你；如果你在传统媒体行业工作，想用互联网思维进行节目创新，本书将为你提供无数奇思妙想；如果你想在新媒体平台上成为持久的超级网红，本书有很多爆款文案供你参考。书中的所有故事，皆源于我的实践，它们将成为你的锦囊妙计。

本书不仅仅新闻专业的人需要阅读，只要你想进步，本书就能成为你向上攀登的梯子。在我所在的部门，流传着一句话："有困难，找王阳。"这句话不胫而走，传遍了国内的新闻圈。因此，每当大家遇到困难，都愿意来找我。

有一天清晨，我正在睡梦中，一位陕西的朋友打来电话说："王老师，我们已经为您买好了当天的机票，请您马上赶过来。"我心里不禁嘀咕："这么急着找我，究竟是要解决多大的难题啊？"电话里，朋友告诉我，他们要参加一个招标会，为陕西省市场监督管理局制作宣传片。

我穿着一件海魂衫，背着双肩包，匆匆走进了会场，登上了讲台。会场的领导并没有注意到我，此时，我大声地说出了三个字，立刻吸引了全场的目光。是哪三个字有如此魔力？这三个字就是"公元前"。

大家都愣住了，"公元前"与陕西省市场监督管理局有什么关系呢？接下来，整个会场回荡着我富有磁性的男中音。

公元前 356 年，人类历史上发生了一场伟大的变革，它改变了中国西北一座小城的命运，使一个小国崛起为统一中原的秦帝国。这就是著名的商鞅变法。商鞅实施的最重要的法令之一就是：统一度量衡！它开创了人类质量监督的先河。

话音未落，台下掌声雷动。

这里是秦始皇兵马俑博物馆，两套铜车马静静伫立，它们由 7000 多个零件组成，最细小的部件甚至只能穿过一根头发丝。2000 多年的沧海桑田，唯一不变的，是秦川人对质量的永恒追求。

台下再次响起热烈的掌声。

我人生中经历过无数次困难，而每一次都是通过讲故事这个法宝化险为夷的。

跟我一起学习如何讲故事吧，你讲，天下听！我会让你的声音更自信。我曾在一所 985 高校给物理专业的学生演讲，开场时的提问立刻让他们愣住了："你们能说出人类历史上最富有想象力的物理假设实验是什么吗？"学生们七嘴八舌地讨论起来。我随即给出了答案："给我一个支点，我将撬起地球！阿基米德说的。"讲故事的最高境界在于"情理之中，意料之外"，每个人都会讲故事，但能讲得出乎意料才是真本事，而这种本事足以让你在"江湖"中畅行无阻。

我有两个人生信条。第一，我喜欢"为他人所用"，因为这意味着我有价值。在一次次为他人所用的过程中，我的价值不断提升，直到有一天变得无价。第二，我与人交往，从不贪财好色，唯一的想法就是"我能为你做些什么"。你的成功就是我的成功。人的价值不在于赚了多少钱，而在于为这个社会做了多大的贡献。

人活一世，总要留下点什么。古人说："为天地立心，为生民立命，为往圣继绝学，为万世开太平。"这是一个读书人的使命。我希望我的故事能点燃更多有志青年的激情，让我们一起努力，为开创一个辉煌的中华盛世尽绵薄之力。

每天记一个故事，一个故事讲3遍，百天脱胎换骨，3年无往不胜。

我曾说，希望有志之人掌握1000个故事。其实你不用等到会讲1000个故事，当你能熟练讲述100个故事时，你就已经脱胎换骨了。每天记住一个故事，讲给3个人听，每个故事讲3遍，这个故事就变成你的了。3年后，拥有1000个故事的你，将拥有应对任何挑战的自信和能力。

本书通俗易懂，读起来非常轻松。打开书，我们便"见面"了，一个慈眉善目、古道热肠的大哥，和颜悦色地给你讲故事、教你讲故事。每天，你都会感受到奇妙的变化。想体验这种感觉吗？那好，现在就开始吧！

目 录

目录

第一章

——————

烟火气：让天大的事贴近人心

> 📖 **核心观点**
>
> 越是大事越要往小处说，天大的事也要说到它和芸芸众生中的你我有什么关系。

在本章中，我要讲的是如何把天大的事拉入凡尘，沾上人间烟火。

故事应用场景：2019 年 10 月 1 日，庆祝中华人民共和国成立 70 周年阅兵式（简称"国庆 70 周年阅兵"）即将开始。假设你是电视台的一名记者，站在天安门城楼上进行现场报道。请思考一个问题：你开口说的第一句话会是什么？你很可能会这样说：

各位观众、各位听众：这里是天安门广场，现在是上午 9 点 30 分，还有 30 分钟，国庆 70 周年阅兵就要开始了。

如果是我来做现场报道，我的开场白绝对能让人耳目一新："你起床了吗？"国庆阅兵，作为一件举国欢庆的盛事，为什么要用如此家常的语言来开场？请听我的现场报道：

你起床了吗？现在是上午9点30分，再过30分钟，国庆70周年阅兵就要开始了。你打算在哪里观看直播？是坐在客厅的沙发上看电视，还是躺在被窝里半梦半醒地用手机看？我爸爸今天早上6点就起床了，他把家里收拾得干干净净，还摆上了鲜花和插上了国旗。

为了这10年一遇的盛典，约15 000名受阅官兵在严寒酷暑中训练了一整年，580台先进的军事装备和160余架战机已经整装待发；10万群众、70组彩车将组成36个方阵，这将是新中国历史上最盛大的庆典之一。谁是这场盛典的检阅者呢？当然是包括你在内的每一个中国人！因为你们是这个国家的主人。

虽然今天大家都在休假，但这一天绝对不能睡懒觉！请叫醒所有的亲朋好友，洗漱梳妆，穿上最漂亮的衣服，用最饱满的激情观看这场盛典。

盛典开场不久后，国歌将隆重奏响，我希望所有同胞都能站起来一起唱，让全世界都听到14亿人齐唱《义勇军进行曲》！这样震撼的场景无人能拍摄出来，但每一个中国人都能想象出它的震撼画面：广场上、军营里、公交车上、高铁车厢里……每一个站直了的中国人都会齐声高唱："起来，不愿做奴隶的人们！"

如果你在国外，我希望你把外国朋友叫到一起观看庆典。你的祖国有多么美丽富强，不用你多说，庆典本身就会使他们感到震撼。在观看阅兵时，你不妨时不时地瞥一眼外国朋友脸上惊讶、羡慕的表情，这会让你由衷地感受到，身为中国人的骄傲。

这样一个举世瞩目的国家庆典，从一个普通百姓的日常生活切入更能深入人心。对于新闻主持专业的同学来说，假如你遇到现场报道的考试，这段温暖感人的开场词能让你脱颖而出。

每年的 9 月 30 日是中国烈士纪念日，我曾负责制作新闻背景节目《人民英雄纪念碑》。节目一开始，我提出了一个大胆的问题："位于天安门广场中轴线的人民英雄纪念碑、天安门城楼和国旗杆，哪一个最高？"作为国家象征，几乎没人敢让它们"比个儿"。但只有这么一比，才能升华出一个意想不到的主题：

天安门通高为 34.7 米，国旗杆含地下部分共 32.6 米，净高度为 30 米；人民英雄纪念碑由两层月台、两层须弥座、碑身和碑顶组成，通高为 37.94 米。人民英雄纪念碑最高，国旗杆最矮。如果把纪念碑比作一位站立的人民英雄，那么国旗每天就在与他眼睛平齐的地方升起。

通过比较它们的"身高"，我们更能体会到人民英雄纪念碑的雄伟，理解共和国的缔造者赋予人民英雄的崇高地位。用人之常情来讲述神圣，可以让神圣变得更加动人心弦。

无论多了不起的事、多么伟大的建筑，只要赋予它们人之常情，就能让它们变得可亲、可敬、可爱。把大事讲小，是为了让普通人能感受到它的伟大，而更多的人关注，才能让大事变得更有影响力，进而变得更加伟大。

所谓的"小"，就是每个小人物的日常情感，它往往代表了最普遍的人性，更能引发人们最强烈的共鸣。

物理高度决定精神高度

（在 2023 年度三农人物颁奖典礼上的演讲）

我是记者王阳，我身边的这位是外卖小哥彭清林。2023 年 6 月 13 日下午 1 点多，他从杭州离水近 15 米的西兴大桥上一跃而下，救下了一位轻生的姑娘。从那一刻起，他在我心中就是一位英雄。

当我采访他的时候，我突然觉得心中的这位英雄怎么这么搞笑。我问他："跳桥时为什么没有脱衣服？"他说："从这么高的桥上跳下去，水的冲击力肯定特别大，弄不好裤衩都会被冲掉，而我要救的是个姑娘，要是她骂我耍流氓，我该怎么办？再有，如果我真的壮烈牺牲了，大家把我从水里捞出来，看到我光着屁股，那我得多丢人啊，所以不能脱衣服。"

你知道彭清林是怎么鼓励自己的吗？他原以为桥不高，跨过栏杆后，往下一看才发现这座桥真高。他安慰自己："这位轻生的姑娘跳下去还在水里折腾呢，她没事，我也不会有事。"可他哪里知道这有多危险。据事后测量，杭州西兴大桥的桥面到钱塘江水面之间是 14.2 米，相当于 5 层楼的高度。杭州的一位物理老师，用力学常识诠释了彭清林面临的危险：以他的体重，跳下的速度约等于每秒 16 米，相当于汽车时速 60 千米。另一位科学老师推算：跳桥救人的彭清林入水瞬间压力，好比 5 个人同时压上来，双腿要承受六七百斤的压力；如果高度再高一点，和砸在水泥地上没有什么区别。浙江的骨科专家说，如果平着入水，可能会造成内脏损伤。事后，彭清林检查身体，胸椎出现压缩性骨折，这真是不幸中的万幸。小彭的父母来到救人现场，看着桥下湍急的江水说："如果我在现场，一定会拉住我儿子。"我多么希望参加高考的孩子能把彭清林的故事写进作文，相信这样的作文肯定能脱颖而出，题目我都帮他们起好了——《物理高度决定精神高度》。

你知道救人后他为什么不上救援船吗？他把姑娘连拉带拽拖到桥墩边，此时救援民警也赶来了。他把姑娘送上船，却坚决要自己游回岸边。因为他想："只要上了救援船，肯定会被警察带去询问情况，这一耽误，我送的订单肯定超时了。"救人时，他的脑子里全是救人，而眼下他的脑子里全是订单。他在往岸边游的时候，才知道自己错了，浑身剧痛，筋疲力尽。更糟糕的是，裹在身上的衣服浸在水里太重了，跳桥时他没想到死，但那时他觉得自己要完了。他两脚一踢，以为自己要沉入水底，没想到他的双脚已经着地了，快到岸了。

此时彭清林就在现场，你知道他看到自己救人场景的回放后是什么心情吗？救人的当天晚上，他回家后玩手机，才知道自己救人的视频已经在网络上传播得铺天盖地。他第一次看到自己跳桥的壮举时，被自己感动哭了："原来我这么勇敢！"后来，他一次次出席表彰会，一次次从大屏幕上看到自己救人的镜头时，反而觉得很尴尬。他说如果早知道自己会一跳成名，应该穿得帅点，吹个发型，再学一个前空翻的动作。他觉得拍视频的人水平太低，把自己拍得好丑。

　　当他在评论区看到大家都说他是见义勇为时，他特别开心，因为他知道见义勇为能获得 2000 元的奖金。第二天，当他的家乡领导带着企业家来杭州慰问他，奖励他 10 万元和一套房子时，他却坚决不要。他说："这都是企业家的血汗钱，凭什么给我？大家挣钱都不容易。如果非要接受，我希望把这笔钱用在家乡的教育事业上。"

　　我一直视他为英雄，可他毫无城府的大实话一次次告诉我，他就是一个普通人。英雄在哪儿？他就在每个普通人的身边，不露声色，但关键时刻能挺身而出，亮出身份。于是就有了那句话："没有从天而降的英雄，只有挺身而出的凡人。"

　　其实，每个人的内心都藏着英雄情结，只要勇敢一次，我们就都可以成为英雄。你知道彭清林救人的动机是什么吗？彭清林跳下去时，姑娘的头已经没在水中，如果再犹豫一会，这位姑娘就没救了。彭清林说，当时桥上、岸上有很多人围观，这位姑娘本来就不想活了，如果没人救她，那么她一定会对人间更失望。这位落水的姑娘被救后，果断放弃了轻生的念头；正是彭清林的纵身一跳让她明白，这个世界上还有人愿意为她不顾生死，这人间值得。

第二章

高大暖：让命题写作不同凡响

> 📖 **核心观点**
>
> 命题写作要做到与众不同，必须紧扣材料，关联大事；提升视角，打开格局；高处不寒，温暖人心。

命题写作包括考试作文、演讲比赛、宣传片创作、新闻宣传报道等。

2022 年高考作文一出，便难住了许多考生。尤其是全国高考甲卷语文作文题，其材料与《红楼梦》相关，令许多考生一时不知道该如何下笔。材料讲述了大观园竣工后，贾政带着一群文人给一个亭子的匾额题名。有人直接引用《醉翁亭记》中的句子"有亭翼然"，为亭子起名"翼然"；也有人认为应该突出亭子临水而建的特点，于是提议叫"泻玉"。唯独贾宝玉给出了"沁芳"两个字，这不仅点明了花木映水的美景，还含蓄地赞美了元妃（元春）——宝玉和大观园里的众姐妹在元妃的恩泽下生活幸福，犹如花木沐浴在雨露之中。

题目一出，许多老师纷纷解读。有些老师认为，考生不必担心是否读过《红楼梦》，只要理解材料后面的提示即可。材料提示指出：匾额题名的方式有直接移用、借鉴化用和根据情境独创，不同的方法会产生不同的艺术效果。只要考生在作文中体现出"搬运""借鉴"和"创新"这几个关键词，基本上就算审对题了，是否提到《红楼梦》并不重要。

我认为这种解读过于简单化，如果只关注"搬运""借鉴"和"创新"，直接让学生写这三者的关系就好了，为何用《红楼梦》来作引子？要想在命题写作中得到高分，必须做到与众不同。越是容易被忽视的材料，我们越应该紧紧扣住。命题写作破题的第一种方法是：紧扣材料，从重大事件中找关联。

材料中有两个关键词："大观园"和"起名字"。大观园是为迎接元妃而建的，那么 2022 年有什么建筑是为了迎接来自世界各地的贵宾而建的呢？毫无疑问，那就是冬奥村。冬奥村中的比赛场馆不就像大观园中的亭台楼阁吗？再看看这些场馆的名字，国家雪车雪橇中心的赛道叫"雪游龙"，其创意源自曹植《洛神赋》中的"翩若惊鸿，宛若游龙"。"雪如意""雪飞天""冰丝带"这些名字，哪个不是对中国传统文化的借鉴与创新？对于这些建筑的命名不是简单的"挪用"，而是在"借鉴"中"创新"。每个名字背后都蕴含着打动人心的创新故事。

比如，首钢滑雪大跳台"雪飞天"体现了中国少年"一飞冲天"的勇敢与自信。谷爱凌在决赛中完成了一个她在训练中都没有尝试过的高难度动作，这一前所未有的创新举动让她赢得了 2022 年北京冬奥会金牌。再如，国家速滑馆"冰丝带"凝聚着中国人的科技创新——中国采用独创的"二氧化碳跨临界直冷制冰技术"造出了亚洲最大的全冰面设计（冰面面积达 1.2 万平方米）。冰面上任何两点的高度差不超过 2 毫米。传统文化与时代创新精神紧密结合，展现出一种气吞山河的文化自信。这样的升华使文章的格局变得开阔，必能让人眼前一亮。

命题写作破题的第二种方法是：提升视角，打开格局。通俗地讲，就是要站得高。那么，站得多高才算高呢？记住以下四个关键词：民族、时代、世界、人类。我们依然用高考作文来举例说明：2022 年全国高考语文试卷（新课标 I 卷）作文题涉及围棋术语："本手""妙手""俗手"。题目一发布，有些老师便急于解题，他们认为考生不必考虑围棋本身的内容，只需解释"本手"代表基本功，苦练基本功才能成为"妙手"，避免"俗手"，就算审题成功了。

我的看法是：你可以不会下围棋，但必须围绕围棋展开论述。我给出的建议是：围绕围棋，提升视角，将其提升至历史、民族、时代、世界的高度。如果你站的位置低，那么你看到的棋手是人；如果站在历史、民族、时代、世界的高度，那么你看到的棋局一定是国际棋局，是百年未有之大变局，而棋手之一，必有中国，而且中国一定是下棋的"妙手"。中国的"妙手"在于通过打牢基础，成就强国之梦，在高手对决中立于不败之地。这便解释了"本手"和"妙手"的含义。什么是基本功？当然是基础设施建设和制造业。经过多年的奋斗，中国已经成为世界上唯一拥有全产业链的国家。"俗手"是指那些为追求"快钱"，盲目发展金融业，滥发货币，忽略制造业，导致关键时刻连口罩都无法自主生产的国家。于是，我们可以总结出这样的句子：

4000多年前，我们建立起国家，与古印度人的城市遥相呼应；3000多年前，我们用甲骨文占卜记录，而古巴比伦人在泥板上刻下了《汉谟拉比法典》；2000年前，我们和古希腊人同台讨论哲学；1000年前，我们与阿拉伯人一样富足。今天，我们在与高手的对决中布下绝妙好棋。几千年来，中国在风云变幻的世界棋局中不断发展壮大，对面的棋手却换了一茬又一茬。

世事如棋局局新。从"本手"到"妙手"，体现的是中国智慧：脚踏实地，久久为功，运筹帷幄，凭借过人的胆识赢得胜利，这也是中国能够立于不败之地的大国底气。

我在媒体行业工作了 30 年，每当报道重大事件时，我都会站在历史、民族、时代、世界的高度去解读这些事件对人类历史的影响。

只有站得高，我们才能忽略那些不值得关注的细枝末节，看到更高、更大、更闪亮的事物。我曾为江西省创作宣传片文案，当我站在民族和历史的高度时，我只看到了两团熊熊燃烧、光耀中国的火焰。第一团火焰是井冈山的星星之火，它点燃了民族解放的希望，最终燃成了熊熊烈焰；第二团火焰是景德镇的窑火，它烧成的瓷器通过丝绸之路走向世界。

命题写作破题的第三种方法是：高处不寒，温暖人心。再深的深度、再高的高度，都要有温度。

中央电视台新闻频道最近播出了一个主题报道——《我在海底建大桥》。看后，我不禁泪流满面，就是因为它不仅站位高、主题深，而且故事更有温度。

深度需要用温度来温暖人心。请看下面的文字：

我们常常听到外国人在潜水纪录中打破纪录，觉得他们很了不起；但看了中国潜水员的壮举，我才真正理解潜水的意义。潜水不只是为了打破纪录，而是为了建造一个个伟大的工程，创造一个个让世界震惊的中国奇迹。中国人从不玩虚的，90 后潜水员周钶能潜入 50 米深的海底切割钢管。普通人下潜超过 10 米便有生命危险，专业潜水员的极限也不过是 15 米，而在 50 米深的海底，人体要承受几十吨的压力。海底黑暗无光，海水冰冷刺骨，水的散热系数是空气的 25 倍，失温症随时可能夺去人的生命。50 年前，50 米的深度还是人类无法企及的极限，而今天，周钶和其他几位 90 后小伙子，人人都能在 50 米以下进行作业。一次潜水不能超过 25 分钟，出水后还得在减压舱待一个多小时，否则就会有生命危险。潜水一天只能进行一次。周钶要切割的是辅助钢管，就像我们盖楼时用的脚手架。原计划是用震动锤进行作业，但震动会影响周围的环境，尤其是养殖的大黄鱼。他们的作业区是中国最大的大黄鱼养殖基地，该基地大黄鱼的养殖数量占全国养殖数量的 80%。工程被迫推迟了一年，最终决定用蛙人进行人工切割，这回你就知道了周钶等人的工作价值何止亿计。

报道中所体现的深度不仅是潜水 50 米的深度，更是建设者如何让中国制造享誉世界的主题深度。该主题虽然有深度，但需要用温度暖人心，而温度来源于对建设者的关怀和肯定。关怀有名誉上的，更有物质上的。请看下文：

清一色的 90 后蛙人，最年轻的出生于 1999 年，身体素质百里挑一。他们从十七八岁起便开始从事这项工作。谁说现在的年轻人怕吃苦？错了！哪一代中国工人怂过？几乎中国的每一个大工程都创造了无数个世界之最，因为这些事情此前从未有人做过。中国人既有智慧，又有坚韧不拔的毅力，解决了无数难题。记者告诉我，周钊一次潜水的报酬是 2000 元，国宝级的工人拿着这样的报酬，真心不算多。

　　报道讲完潜水员，又讲了龙门吊的操作员、船舶调度员。我们再看下面的文字：

　　龙门吊，每天装卸货物超千吨的操作员竟然是一位年轻的妈妈。以下是妈妈对 10 岁女儿说的话。

　　妈妈：孙雪，看到没？妈妈上中央电视台了，我太开心了。但有一点可惜，就是妈妈不能陪你过春节了。不过，等过完年休假，妈妈带你去鼓浪屿，这是咱俩之间的约定。

　　这下好了，全国人民都知道孙雪了，都知道她有一个开龙门吊的妈妈。孙雪妈妈用最温柔的语调说着最狠的话："春节不回家了。"

　　船舶调度员孙智超每天转运上千吨施工用材，但他与妈妈视频通话时，我们发现他还是个孩子，孙妈妈叫他"宝贝"。

孙智超：喂，妈！今年过年回不去了。

妈妈：宝贝，你有没有想我？

记者：阿姨，你儿子棒不棒？

妈妈：棒！

记者：怎么哭了呢？

妈妈：我想我儿子了。

孙智超：等过完年我就回去了。

报道中所体现的高度不仅是龙门吊的百米高度，更是中国工匠无私奉献的精神高度。立意虽高，但需要用温度共情，而温度来源于对工匠忘我工作的认可和不同寻常的赞美。请看下文：

春节不回家，小孩好糊弄，去鼓浪屿玩就糊弄过去了，但听说儿子过年不能回家，当妈的是真的难过呀！这就是奋斗中的中国，无论妈妈还是儿子，没有一个"躺平"的，都在为更美好的生活而奋斗。看看这一座座举世震惊的跨海大桥，看看这一个个前无古人的中国奇迹，跃出海面的只是太小的一部分，但世人永远欣赏不了它们的全貌，因为只有把海水抽干，才能看到它们"当惊世界殊"的样子。

　　"因为只有把海水抽干，才能看到它们'当惊世界殊'的样子。"这样的角度估计连建设者自己都没想到，称赞和表扬是主题报道中不可或缺的技巧。

2022 年全国高考甲卷语文作文题：

《红楼梦》写到"大观园试才题对额"时有一个情节：为元妃（贾元春）省亲修建的大观园竣工后，众人给园中桥上亭子的匾额题名。有人主张从欧阳修《醉翁亭记》"有亭翼然"一句中，取"翼然"二字；贾政认为"此亭压水而成"，题名"还须偏于水"，主张从"泻出于两峰之间"中拈出一个"泻"字，有人即附和题为"泻玉"；贾宝玉则觉得用"沁芳"更为新雅，贾政点头默许。"沁芳"二字，点出了花木映水的佳境，不落俗套；也契合元妃省亲之事，蕴藉含蓄，思虑周全。

以上材料中，众人给匾额题名，或直接移用，或借鉴化用，或根据情境独创，产生了不同的艺术效果。这个现象也能在更广泛的领域给人以启示，引发深入思考。请你结合自己的学习和生活经验，写一篇文章。

要求：选准角度，确定立意，明确文体，自拟标题，不少于 800 字。

古中有新意　沁芳满天下

　　《红楼梦》中有这样一个情节：为新落成的大观园中的亭子命名。有人借用欧阳修《醉翁亭记》中的"翼然"，有人提议命名为"泻玉"，贾宝玉则以"沁芳"命名，不仅点出了花木映水的美景，还含蓄地赞美了即将省亲的元妃。宝玉认为，在姐姐的关怀下，自己和大观园里的群芳像花木一样沐浴在雨露中，度过了幸福的少年时光。

　　说起大观园，中国人很容易联想到 2022 年北京冬奥会。正如众儒生能从万千经典中为一个小亭子起出无数美名，博大精深的中华文化同样为冬奥会注入了无限的文化创意。新时代的中国人不拘泥于传统，而是在继承中创新，将一件件充满诗情画意又融入时代潮流的杰作呈现在世界面前。

　　以延庆赛区的国家雪车雪橇中心的赛道为例，它被命名为"雪游龙"，那 16 个弯道宛如游龙盘踞于山脊之上；国家跳台滑雪中心名为"雪如意"；首钢滑雪大跳台则叫"雪飞天"。这些温婉秀丽、富有诗意的名字，不仅展现了中国的文化底蕴，更蕴含着中国人克服困难、勇于创新的精神。这是中国首次举办冬奥会，面对冰雪强国在技术上的封锁，中国人卧薪尝胆，终于研发出了自己的造雪机，造出了世界顶级的雪。我们的风中少年苏翊鸣，正是在"雪飞天"的跳台上斩获了冠军。"一鸣惊天同风起，扶摇直上九万里。"中央电视台主持人用这句古诗赞美新时代勇于挑战的中国少年，而苏翊鸣的腾空而起，正是对"雪飞天"这一名字的最好诠释。

这届冬奥会的国家速滑馆被命名为"冰丝带"，其赛道宛如仙女下凡时飘动的彩带。在这里举行的比赛共涉及 14 个项目，其中 10 个项目中 13 人次 / 队次创造了奥运会纪录，1 个项目 1 人次创造了世界纪录。速度滑冰男子 10 000 米的冠军将自己保持的世界纪录提高了 2 秒多，相当于他把以前的自己甩下了 30 多米的距离。世界顶级选手将中国的"冰丝带"誉为"全球最快的冰"。这一殊荣的背后，正是中国制造的创新力量——中国首次采用"二氧化碳跨临界直冷制冰技术"，赛道上任何两点的高度差不超过 2 毫米，其科技含量世界领先。

"冰丝带""雪游龙""雪如意""雪飞天"，每个冬奥会比赛场馆的名字都蕴含着中华古老文化的深厚底蕴。然而，这些名字并非对传统文化的简单借用，而是在创新中完美呈现古人天马行空的想象力。中国人在祖辈留下的灿烂文化中汲取营养和力量，并以坚韧不拔、勇于创新的精神凝聚起时代的力量。怀着文化自信，中国人昂首阔步，走在世界的前沿，与其他国家一起迈向未来。

第三章

反其道：让故事开头一鸣惊人

> 📖 **核心观点**
>
> 讲故事比讲道理更吸引人。语不惊人死不休，一张嘴，就让人觉得你说出来的话是"人人心中有，个个笔下无"。

"万事开头难。"无论讲故事、发表演讲，还是写作文，都需要一个精彩的开头。好的开头有两个标准：一是引人入胜；二是点明主题。

有些老师为了避免学生写作文跑题，给出了一个万能公式：开篇做名词解释，开宗明义，确保不跑题。虽然这种方法可以保证不跑题，但这种公式化的写作千篇一律，怎么可能吸引人呢？让我们通过下面这道高考作文模拟题加以说明。

从呱呱坠地起，人便一直在记忆，也一直在遗忘。有时，我们会忘记一些本该记住的事情，这时我们认为自己健忘；而有时，我们也会尝试抹掉一些不该记住的事情，这样可以释放心灵的空间，这时我们学会了善忘。以"健忘 善忘"为题写一篇议论文。

如果按照公式来写，可能会出现这样的开头："健忘是被动的，善忘是主动的；健忘是客观的，无法避免，而善忘是主观的，是人们刻意去遗忘的。"但是，阅卷老师每天要批阅成百上千篇作文，这样的开头怎么可能让疲惫的阅卷老师眼前一亮？因此，我的第一个建议是寻找共鸣。从哪里寻找共鸣？答案是从每个人都有的生活经历中去寻找。

下面我给出一篇范文的开篇段落：

我很久没有登录QQ，忘记了密码。为了找回密码，我需要回答当年设置的问题："你的梦想是什么？""当明星。""当科学家。""当企业家。"结果答案全错了，难道我年纪轻轻就得了健忘症？竟然连自己的梦想都忘了？我们可以把忘带钥匙称为无奈的健忘，但人生刚刚开始就忘记了自己的梦想，这种健忘却是不应该的。健忘是被动的，而善忘是主动的。梦想是无论如何也不能忘记的，而为了追逐梦想，一切都可以被主动遗忘。

这样的开头从每个人可能经历的生活场景切入，借助普遍的体验，引发共鸣。其高明之处在于"人人心中有，个个笔下无"。会讲故事的人，能够从司空见惯的小事中提炼出大家想说却说不出来的感受。这个开头不仅点出了"健忘"和"善忘"两个关键词，更提炼出全文的主题：梦想是无论如何都不能忘记的。为了梦想，我们可以主动遗忘一切。这种开头不仅点题，而且生动、出人意料。

为了实现飞天的梦想，航天员翟志刚在出舱遇险时，忘记了生死；为了重返太空的梦想，43 岁的王亚平承受了常人难以忍受的训练强度，忘记了自己是一位母亲；为了"禾下乘凉""天下无病"的梦想，年过九旬的袁隆平和吴孟超忘记了年龄、病痛，依然奋斗在科研前线。在共鸣中点明主题，在共情中升华主题，是最巧妙的开篇方式。

电影《万里归途》讲的是中国在战乱的中东国家撤侨的故事，有一句评论让人破防："电影最大的彩蛋就是走出电影院你所看到的万家灯火。"这句话说出了大家的共情点。于是，我以大时代下的幸福生活为切入点，写了一篇《大时代 小幸福》的范文。我的开头是这么写的：

我有一个姐姐，她是一位战地记者，在中东地区驻站。回国探亲时，她和丈夫一起看电影，突然冒出一句："怎么不安检，要是有炸弹怎么办？"丈夫笑着说："醒醒吧，这里是中国！"每次看电视上的国际新闻，今天这个国家发生了恐怖袭击，明天那个国家又发生了战争，战场上的战士血肉横飞，战乱中的老百姓流离失所。而我每天早晨走在上学的路上，微风拂面，鸟语花香，男女老少或赶着上班，或遛早晨练，一种幸福感油然而生。这就是在强大祖国的保护下，每个中国人的小幸福；但汇聚起来，就是一个强盛国家的伟大时代。

在共情中寻求独特性，在情理中寻求意外，这就是我总结的写好作文开头的第一种方法。

很多学生和家长有一个误区：高考主要考的是议论文，议论文就是讲道理，怎么能写故事呢？写故事是记叙文。这种观点大错特错，讲好中国故事已经成为时代的要求。把观点和主题注入生动的故事，是我们必须掌握的技能，所以，写议论文和写记叙文一样，都必须依托生动的故事。以故事的方式开头，在讲述故事的字里行间突出主题，是我们写出精彩开头的第二种方法。比如，以"梦想"为题，开头可以这样写：

1985 年，19 岁的翟志刚拿到了飞行学院录取通知书，他的梦想就是驾着战机翱翔在祖国的蓝天白云间。

1986 年，6 岁的叶光富在自家的小院里第一次看见了飞机，就有了长大后也要飞上蓝天的梦想。

1997 年，17 岁的王亚平在自家的地里帮爸爸摘樱桃；知道有人来当地招收女飞行员，这个在樱桃树下长大的女孩第一次有了飞上蓝天的梦想。

2021 年 10 月 16 日，翟志刚、王亚平、叶光富，这三个当年都梦想着飞上蓝天的孩子聚到了一块儿，乘坐"神舟 13 号"飞船进入了中国空间站，他们都超额实现了自己的梦想。

五个"梦想"反复出现在三个主人公的故事讲述中，让主题一次次得到了强化。爱听故事是人的天性，以讲故事的口吻开篇，一定比说大道理的开篇更吸引人，所以大家都愿意花钱买票听评书，而且位置越靠前的票越贵。

以 2021 年北京卷的高考作文题目（以"论生逢其时"为题目）为例，我的开头就是从讲故事开始的，但主题不动声色地体现在了字里行间。

安徽合肥有一条延乔路，是以革命烈士陈延年、陈乔年兄弟的名字命名的。这里常年被鲜花包围，献花的人中有很多年轻人。这遍地的鲜花是生逢其时的我们，向生不逢时的先辈献上的最诚挚的敬意。陈乔年说过一句话："让我们的子孙后代享受前人披荆斩棘换来的幸福吧！"哪儿有什么生逢其时？我们的生逢其时是生不逢时的先辈拼命换来的。

这是一个跨度近百年的故事，今天的年轻人通过鲜花与百年前的同龄人隔空对话。短短一段话，先后出现了二次"生逢其时"和两次"生不逢时"，反复强调主题。都说时势造英雄，我们都以为那些名留青史的英雄人物是生逢其时的，是时代让他们成就了伟业。我的故事开篇却发人深省：一个无数青年愿意牺牲最美好的生命来改变的时代，怎么可能是一个让人觉得生逢其时的年代？这样的开篇不仅有故事、有情感，还有思想的高度。

那么，能不能写出直奔主题的好开头呢？当然能。这就是写好开篇的第三种方法：可以开门见山，但一定要看到熟悉的陌生人。什么叫"熟悉的陌生人"？比如，我们要以"诚信"为题发表一次演讲。"诚信"是大家再熟悉不过的词了，它的意思大家也都明白，但要想一鸣惊人，就一定要用大家意想不到的方式，给"诚信"下一个全新的定义，让听众产生陌生的感觉。我是这样开篇的："诚信有着惊人的速度。"诚信是一个主观概念，怎么可能有速度呢？这一下子激起了人们听下去的欲望。

接着往下听："一言既出，驷马难追。"听众恍然大悟，拍手叫好。接下来又是一句："诚信有着千钧的重量。"此时听众马上就能猜出来下面的话："一言九鼎。"听众一下子来了精神，共同参与到演讲稿的创作中。当听到"诚信有着昂贵的价值，一诺千金"时，听众会不禁赞叹。把抽象的概念用一个客观存在的物体来描述，就会给人一种熟悉的陌生感，这就是联想能力。用这样的方式开篇，需要有大量的积累，以便在找到关键词后，能够迅速地从记忆中把相关的成语、诗词、名句罗列出来，再用丰富的联想找出它们的关联。

还是以 2022 年全国高考语文试卷（新课标Ⅰ卷）作文题"本手、妙手、俗手"来举例说明。三个"手"里，"妙手"是点题的关键词，看到"妙手"你能马上想到哪些成语、名句？"妙手回春""妙手丹青""妙手著文章""妙手乾坤""妙手天工"。这些词句的共同点是什么呢？它们对应的都是工种和职业，说明每个行业都有"妙手"，都需要"妙手"。这样，文章的主题一下子就出来了，于是就有了这样的开篇：

妙手是画画的高手，妙手丹青；妙手是写作的高手，妙手著文章；妙手是行医的高手，妙手回春；妙手是下棋的高手，妙手定乾坤；妙手更是创造的高手，妙手天工。

即使直抒胸臆，也绝不平庸。比如以"多难兴邦"为题，应该怎样开篇？从字面分析，"多难"是坏事，而"兴邦"是好事，两个相互矛盾的词怎么实现统一呢？按照我的方法，你能从"多难兴邦"这四个字中联想到哪些先哲的名言呢？我是这样写的：

"多难兴邦"？外国人看了肯定会蒙，多灾多难会亡国呀，怎么可能振兴一个国家呢？对中国人来说，"多难兴邦"却是非常好理解的道理，因为古代先贤早就告诉我们："天将降大任于斯人也，必先苦其心志，劳其筋骨，饿其体肤。"中国人大都看过《西游记》，大家都明白这样的道理："只有经历九九八十一难，才能修得正果。"

深谙辩证法的先哲给了中国人最大的智慧，如"否极泰来""塞翁失马"，这种矛盾的统一体现了精彩开篇的特质。"语不惊人死不休"，博大精深的中国文化，让中国故事可以有无数个足以一语惊天的精彩开场。

在此，我将附上几句我最喜欢的诗人李白的诗的开篇。其他诗人往往都会先铺垫，渐入佳境，再掀高潮；而李白不一样，他一张嘴就能把人吓一跳，真是"秀口一吐，便是半个盛唐"。

君不见黄河之水天上来，奔流到海不复回。——《将进酒》

危楼高百尺，手可摘星辰。——《夜宿山寺》

云想衣裳花想容，春风拂槛露华浓。——《清平调·其一》

噫吁嚱，危乎高哉！蜀道之难，难于上青天。——《蜀道难》

白发三千丈，缘愁似个长。——《秋浦歌十七首》之十五

弃我去者，昨日之日不可留；乱我心者，今日之日多烦忧。——《宣州谢朓楼饯别校书叔云》

2021 年高考北京卷作文：

每个人都生活在特定的时代，每个人在特定时代中的人生道路各不相同。在同一个时代，有人慨叹生不逢时，有人只愿安分随时，有人深感生逢其时、时不我待……

请以"论生逢其时"为题目，写一篇议论文。

要求：论点明确，论据充实，论证合理；语言流畅，书写清晰。

逢其时 恰盛世 正少年

安徽合肥有一条延乔路，是以革命烈士陈延年、陈乔年兄弟的名字命名的。这里常年被鲜花包围，献花的人中有很多年轻人。这遍地的鲜花是生逢其时的我们，向生不逢时的先辈献上的最诚挚的敬意。陈乔年说过一句话："让我们的子孙后代享受前人披荆斩棘换来的幸福吧！"哪儿有什么生逢其时？我们的生逢其时是生不逢时的先辈拼命换来的。

李大钊就义时留下的最后一张照片，棉袍之下体无完肤，他受尽了酷刑，甚至被敌人残忍地拔去了指甲。绞刑架就在旁边，敌人想拍下他怕死的狼狈样子，刊登在报纸上用来嘲笑共产党人。但他从容淡定，第一个上了绞刑架。敌人太残忍了，对李大钊"三绞处决"，整整折磨了他 40 分钟。每次把他绞昏后又放下来，劝他"悔过"，最后连眼珠都勒出来了，他只说了四个字："力求速办！"李大钊是北京大学的教授，每月挣 300块大洋，这些钱足够养活四五十口人，可李大钊的梦想是养活天下人。他本可以生活得富足安逸，但他为什么要舍命去革命？就是因为他生不逢时，生在了祖国最贫穷落后的时候。他就义前对身边的人说："替我看看，胜利的那一天是什么样子。"李大钊并不能预知未来，不知道自己的牺牲对中国有多大的意义，甚至连能不能胜利都不能确定。

中共一大 13 位代表中，只有 2 位走到了最后胜利，他们中有壮烈牺牲的，也有脱党、叛党的。他们为什么不能将革命进行到底？因为他们不知道中国能不能扛过去。当时的中国谁都能欺负，谁能想到这么弱的中国，今天会这么富强。能建立中华人民共和国，并不是历史的偶然，而是我们的先辈明知不可为而为之，用命拼出来的。原来我们只知道他们伟大，可我们还是低估了他们的伟大。

那么，生逢其时的我们最应该做什么呢？既然生逢其时，就要抓住机会，创造人生的辉煌。2015 年 7 月 31 日，北京成功获得 2022 年冬奥会举办权。在自己的家门口举办冬奥会，这为很多冰雪健儿提供了为国立功、成就自己的大好机会。当时年仅 11 岁的苏翊鸣激动得睡不着觉，他有一个强烈的念头："我要为国出征，赢金牌！"他毅然放弃了当演艺明星的道路，开始了艰苦的训练。14 岁那年，他意外受伤，但全国锦标赛就要开始了，能不能正式进入国家队参加北京冬奥会，在此一举。他忍着剧痛，带伤参加比赛，赢得了全国冠军。就在他 18 岁生日的前夕，他终于赢得奥运会金牌，为自己创造了最精彩的成人礼：升国旗、奏国歌，普天同庆。

在平昌冬奥会上，中国代表团只参加了 5 个大项 12 个分项，55 个小项比赛。仅仅 4 年后，在北京冬奥会上，中国代表团共获得 104 个小项、190 多个席位的参赛资格，占全部 109 个小项的 95% 以上。填补中国冰雪运动空白的几乎是清一色的 00 后，他们不甘于只是填空，他们一出场，就站在了世界之巅。最终，中国代表团以 9 金、4 银、2 铜位列奖牌榜第三，金牌数和奖牌数均创历史新高。

今天，生逢其时的我们，不再有李大钊、陈延年、陈乔年等人在祖国被列强欺辱时感受到的愤懑，但生逢其时的我们，绝不会坐享其成。享受前人披荆斩棘换来的幸福，把祖国建设得更加繁荣富强，是生逢其时的我们对生不逢时的先辈的最好告慰。

第四章

画面感：讲故事就像拍电影

> 📖 **核心观点**
>
> 　　每段文字必须有场景，每个场景必须有细节，每个细节必须有感情，每段感情必须有人物，每个人物必须有性格。这就组成了故事中一幅幅生动的画面。

　　我小时候最喜欢看连环画，经常恳求妈妈给我买。妈妈说："书可以买，但有个条件——不能让妈妈给你讲。你自己先看，看完后，讲给妈妈听。"我一个两三岁的孩子根本不认识字，只能看图说话，添油加醋地瞎编。妈妈没有想到的是，我编的故事比连环画本身的故事还精彩。于是，每天晚饭后，妈妈就会摆几把椅子，与爸爸、姐姐围坐在一起，家庭故事会就这样开始了。

　　妈妈双手扣在胸前，非常正式地报幕："下面有请王阳小朋友给大家讲故事，故事的名字是《鸡毛信》。"我讲得神采飞扬，每次都能得到热烈的掌声。有时家里来客人了，晚饭后，妈妈就会摆更多的小椅子，"听王阳小朋友讲故事"成了我们家的固定节目。慢慢地，我就成了"人来疯"，人越多，我讲得越起劲。后来，听我讲故事的人越来越多，我的讲台也越来越大，一直讲到五湖四海，讲到世界各地。

上面这段文字是不是产生了很强烈的画面感，一个可爱的小男孩讲故事的形象跃然纸上。我讲故事的启蒙就是"看图说话"，不依赖文字的注解。这样，经过长期的训练，我对画面具有超强的感知能力和描述能力，这也形成了我讲故事的最大特点：生动形象，有画面感。

小时候，我和妈妈一起看过一部电影，叫《槐树庄》。至今我还记得里面的一个情节：一个地主婆请人到她家吃饭。这个地主婆往汤里倒香油后，会用手指抹一下瓶口，然后把手指放在嘴里吮一下。看到这儿，妈妈马上现场教学："儿子，你看到这个动作没有，这就叫细节。虽然她是一个地主婆，家里有钱，但她毕竟是一个农村妇女，知道勤俭持家，很会过日子。这样的一个动作、一个细节就表现了人物的身份和性格。所以，你一定要学会观察生活，关注细节。"在妈妈的培养下，我从小就注意观察生活，关注细节。其实讲故事和拍电影一样，都是用细节表达人物的身份和性格，这也是我们让故事充满画面感的第一种方法。

我们做一个讲故事的训练：如何把下雪写得生动有趣，有画面感。人教版小学语文一年级上册（2016年版）有一篇课文——《雪地里的小画家》，就极富画面感。

下雪啦，下雪啦！

雪地里来了一群小画家。

小鸡画竹叶，小狗画梅花，

小鸭画枫叶，小马画月牙。

不用颜料不用笔，几步就成一幅画。

青蛙为什么没参加？他在洞里睡着啦。

这篇课文使用了产生画面感的第二种方法，即把一个简单、平常的事或场景描述成另外一个更容易产生故事的场面。下雪是一件司空见惯的事情，但把下雪想象成动物在白纸上作画，就一下子有了故事感，给人无限的想象空间。我们的脑海里不仅能浮现出小动物在雪地里行走的身影，耳畔还能响起狗吠、马啸、鸡鸭叫，有声有色，充满动感，生动有趣。

小说《野狼谷》中有这样一段对老猎人眼中大森林雪景的描写："杂草横生的雪地上深陷着一行行、一片片禽兽践踏的足迹，证明这里虽无人烟，却充满生机。"在我们看来，大地白茫茫一片真干净，老猎人却从禽鸟野兽留下的脚印里，感知到虎啸猿啼。此时，我们的脑海里浮现出的是一幅生机勃勃的画面。

我们再以妈妈生宝宝为例。根据这种情况既紧急又让人紧张的特点，我们可以把它想象成一场拯救妈妈和宝宝生命的战斗，于是参与战斗的各个器官就化身成英勇无畏的战士。

婴儿出生为什么会哭？分娩之前，大脑举行联席会议，心、肝、脾、胃、肾分别报告："各系统运行正常！"大脑下令："准备分娩，各系统协同一致，尽快脱离母体，减轻母亲的痛苦！"分娩结束，肺报告说："呼吸系统准备完毕，外部空气已经到位，申请开机！"大脑下令："开机！鸣笛！向母亲的孕育致以最崇高的敬意！"伴随着婴儿响亮的啼哭，大脑接着说："我们已经与母体完全断开，此生远航即将开始。无论前路何其艰险，我辈只能奋勇向前。出发，目标：星辰大海！"

我养过一只小仓鼠，但它只活了半年。仓鼠刚死不久，我从大街上捡了一只流浪猫。这只猫有严重的肾病和口涎，已经被医院下了病危通知。这时，北京小动物保护协会的人来采访我，我对他们讲起了"猫和老鼠"的故事。

我的这只小猫可能很快就要"上路"了，如果它跑得快，也许能在黄泉路上追到我们家的那只小仓鼠。小猫饥肠辘辘，正要对小仓鼠下口，猛然闻到了一股熟悉的味道。于是，小猫问："你的家在哪里？""我是北京的！"小仓鼠一口标准的普通话。"北京哪儿的？""双井。"小仓鼠挺淡定。小猫激动了，瞪着眼睛问："你认识老王吗？"小仓鼠答道："我是他家的。"小猫一下子把小仓鼠搂进怀里，说道："我也是他家的。"它俩抱头痛哭，聊了很多，也许聊了床底下小猫偷偷藏着的乒乓球，冰箱后面小仓鼠悄悄藏的瓜子，沙发被小猫撕开的洞里有为了报复我给它打针而撒进去的一泡尿……它们边走边说，突然停下脚步，相互对视了一下，不约而同地脱口而出："老王是个好人！"

　　它们在黄泉路上的相遇我没在场，但这一幕真真切切地出现在我的脑海里，我已经把自己化身成它们，想它们心中所想。这段话，我是笑着讲完的，讲完后，采访我的人却红了眼睛。想感动别人，先感动自己，此时的我早已笑中带泪。讲讲后来的故事，这只小猫被医院救活了，我收养的另外一只流浪猫给它献了30毫升的血。这只小猫在我家开心地生活了9年，医生说它创造了生命的奇迹。

我写文稿时，经常因为投入太多的感情而泪流满面。有句话形容过分操心叫"替古人担忧"，但想让故事产生画面感，就需要和古人同情共振。比如，我在解读《滕王阁序》时，就与1300多年前的王勃一起登上了滕王阁。

王勃清了清嗓子，说道："老当益壮，宁移白首之心？穷且益坚，不坠青云之志。"望着少年眼中的泪花，现场的人无一不被感染，个个热泪盈眶，使劲地鼓掌。此时现场的人都明白："我们见证了历史，一篇千古名篇横空出世。"阎都督完全忘记了女婿的事，拉着王勃的手，激动地说道："小老弟啊，请受老夫一拜！"

当年王勃作序时，我并不在场，但我走进了王勃的内心。所谓的画面感，不仅涉及场景的描述，还要有情感的外化。我从事媒体工作，懂得画面运用，如果想烘托现场的感人气氛，仅仅突出主角是不够的，旁观者热烈的掌声、热泪盈眶的表情，往往最能使人共情。

接下来，我们做一个小练习，看看你对上述制造画面感技巧的掌握情况。有这样一个场景：一个女孩独自回到家中，看到一条虫子，感到很害怕，最后她把虫子踩死了。你能把这件事描述得有画面感吗？咱们一起来试试。

　　我一进家门，看见一条虫子，很害怕。

　　虫子限制了你的想象力，那么我们把虫子想象成什么能刺激你的想象力呢？于是虫子不再是虫子，而是藏在你家的盗贼。你开门时，盗贼处在什么状态让你感到最恐怖？当然是和你面对面时。这句话只要加几个字，马上就会产生画面感。

　　一进家门，我看见一条虫子。看了它一眼后，我很害怕。

　　后面你应该会写了吧？盗贼正在偷东西，主人回来了，盗贼的第一反应肯定是害怕。

　　一进家门，我看见一条虫子。看了它一眼后，我很害怕；虫子看了我一眼，它也很害怕。

　　画面感出来了吧。
　　女孩看见虫子的第一反应是什么？一般是大叫，她到底叫不叫呢？这时，我们就要走进人物的内心。一个女孩进屋看到虫子，如果旁边有人，她一定会叫；如果屋里只有她一个人，她还会叫吗？

到底叫不叫呢？我一看，谁都不在，哥哥不在，爸爸也不在，叫也没用呀！算了，不叫了，省点力气吧！我接着又想，那就跑吧。可这是我家，我跑了不是还得回来吗？我现在还能看见它，等我再回来，找不着它了，那更可怕。

为什么说更可怕？你能想象出虫子重新出现在哪儿最可怕吗？你是不是已经进入情境了？后面的故事就出来了。

我现在还能看见它，等我再回来，找不着它了，万一它正躺在我的被窝里……细思极恐，我大吼一声，上去一脚，结束了它的性命。

穿越到那个落霞与孤鹜齐飞的傍晚

一位妈妈每天背 10 个字，花了两个多月的时间，背下了 773 个字的《滕王阁序》。她因此被免了 50 元的滕王阁景区门票费用。大家盛赞景区做得好。

《滕王阁序》全篇 773 个字，用了 20 多个典故，为中华文化增添了 40 多个成语，如物华天宝、人杰地灵、高朋满座、钟鸣鼎食、天水一色、渔舟唱晚、萍水相逢、命途多舛、冯唐易老、李广难封、老当益壮、一介书生、物换星移等。1925 年，古筝大师魏子猷根据《滕王阁序》里的原句，创作了古筝名曲《渔舟唱晚》，如今中央电视台每晚《天气预报》的背景音乐就是这首《渔舟唱晚》。

话说 1300 多年前的大唐，南昌的封疆大吏阎都督在滕王阁设宴，遍请天下才俊，以"滕王阁作序"为题，写一篇有奖征文。据说阎都督筹办这场宴会的目的是，向众人显摆一下他女婿的才华。其女婿为这篇文章准备了半个多月，就等在众人面前大出风头了。哪成想，突然间杀出个不知深浅的愣小子王勃，只听他高喝一声："我来写！"即兴之作，随笔写来，却成千古奇文。

后世都说王勃年少轻狂，毫无情商，但你看看他的文章，就知道王勃的情商非比寻常。我们吃饭经常被人叫起来说两句，憋得脸红脖子粗，最后可能会说一句："大家吃好喝好。"王勃也是即兴发言，大概的意思是："尊敬的阎都督、孟学士、王将军，尊敬的各位来宾，大家下午好！我路过此地，发现这里真是个好地方，位置优越，物产丰富，人才济济。"这段客套语，到了王勃嘴里就令人惊艳万分："豫章故郡，洪都新府。星分翼轸，地接衡庐。襟三江而带五湖，控蛮荆而引瓯越。物华天宝，龙光射牛斗之墟；人杰地灵，徐孺下陈蕃之榻。雄州雾列，俊采星驰……十旬休暇，胜友如云；千里逢迎，高朋满座。"

"徐孺下陈蕃之榻"，说的是东汉时期，南昌名士陈蕃非常敬重当地一位名叫徐孺子的名士，于是专门给徐先生设了一个专座，平时挂在墙上，只有徐先生到访时才放下来。虽然说的是当年南昌的名士陈蕃，夸的却是今天的阎都督。在礼贤下士的阎都督的治理下，这里物华天宝，人杰地灵，雄州雾列，俊采星驰。来赴宴的各位，人人都是才俊，像群星一样，个个都闪闪发光。孟学士的文采如蛟龙腾空，凤凰起舞；王将军胸中有宝，武库藏珍。这番话让在座的人听后十分舒服。

此时的王勃面对滔滔江水、无边秋色，文思泉涌，笔走龙蛇："落霞与孤鹜齐飞，秋水共长天一色。"此句一出，先是片刻宁静，随后掌声雷动。此时，王勃已经进入忘我的境界，飞珠溅玉，金句喷涌而出，秀口一吐，便是一幅灵动的风景："渔舟唱晚，响穷彭蠡之滨；雁阵惊寒，声断衡阳之浦。"王勃最厉害的是下几句："睢园绿竹，气凌彭泽之樽，邺水朱华，光照临川之笔。"这一句话提到了四大名人。汉武帝的亲叔叔刘武为了请天下名士，专门修了一个花园，叫睢园，当年卓文君就是被司马相如在睢园弹奏的一曲《凤求凰》吸引。彭泽是指彭泽县令陶渊明，就是那个"采菊东篱下"不为"五斗米折腰"的大文豪。"邺水朱华"是指七步成诗、才高八斗的曹植，他写过一首诗叫《朱华冒绿池》。临川是指在临川当过官的谢灵运。谢灵运对曹植的才华十分钦佩，公开赞扬道："天下才有一石，曹子建独占八斗。"有人问，那剩下的两斗呢？谢灵运骄傲地梗了梗脖子，说道："我得一斗，天下人共分一斗。"王勃把在座的宾客比作大才子陶渊明、曹子建、谢灵运，把阎都督比作爱才的刘皇叔，谁听了会不高兴？

写到这儿，大家突然发现，少年眼中全是泪水，哽咽道："关山难越，谁悲失路之人；萍水相逢，尽是他乡之客。"少年长叹一声："嗟乎！时运不齐，命途多舛。冯唐易老，李广难封。"冯唐一生被政敌排挤，好不容易等到汉武帝上位想重用他，结果他已经老得提不动刀了；飞将军李广，让敌人闻风丧胆，但终其一生未能封侯。王勃此时应该想起了自己多才又多难的一生：6岁时便能作诗，且诗文构思巧妙，词情英迈；9岁时读颜师古注的《汉书》后，撰写了《指瑕》十卷，指出颜师古的著作错误之处；10岁时，便饱览六经；16岁时，应幽素科试及第，授职朝散郎，和皇上讨论国计民生。一句"海内存知己，天涯若比邻"让王勃名满长安。

初唐四杰中，王勃虽然年龄最小，却位列四人之首，被沛王李贤征为王府侍读。两个皇子斗鸡，王勃没有暗藏才华，写了一篇斗鸡檄文《檄英王鸡》，把斗鸡写成了两虎相争、兄弟相斗。因为写得太好了，该文一夜火遍长安。高宗看到后十分愤怒，认为此篇意在挑拨离间，钦命将他逐出长安，那一年他18岁。这个"愣头青"后来又犯事了，在虢州参军任上因杀死自己所匿藏的官奴而犯罪。天才少年成了杀人犯，被投入大牢，等待秋后问斩。幸运的是，皇帝大赦天下，他捡回了一条命。但他的父亲因此受到牵连，被贬到了荒蛮之地，即现在的越南河内。王勃出狱后千里寻父，路过南昌城，正赶上滕王阁竣工剪彩。此时的他想起了自己荒唐的人生，不禁潸然泪下。

你以为王勃就此自暴自弃了吗？错！他清了清嗓子，说道："老当益壮，宁移白首之心？穷且益坚，不坠青云之志。"话语

故事写作

铿锵，现场的人无不热泪盈眶，纷纷鼓掌。此时现场的人都明白："我们正在见证历史，一篇千古名篇横空出世。"阎都督完全忘记了女婿的事，拉着王勃的手，激动地说道："小老弟啊，请受老夫一拜。"多少王侯将相都湮灭在历史的长河中，阎都督却因这篇奇文被后人记住。第二年，看完父亲的王勃，归途中溺水而亡。此时的《滕王阁序》已经火遍大唐，传到唐高宗的面前，高宗称赞道："王勃真乃千古奇才，赶快召来，朕要重用他。"太监回报："王勃就是被皇上轰出长安的那个侍读，已溺水而亡。"高宗听后婉惜道："才27岁，天妒英才，实在令人扼腕叹息。"王勃死后13年[①]，王之涣出生；22年后，孟浩然出生；25年后，李白和王维出生；36年后，杜甫出生。如果王勃能够顺利活到60岁，他将看到开元盛世，开启盛唐气象的文坛领袖应该就是他。他来人间一趟，带着万丈光芒，惊鸿一样短暂，夏花一样绚烂；临高阁回眸一笑，一篇奇文成了永恒的绝唱。他永远活在那个"落霞与孤鹜齐飞，秋水共长天一色"的傍晚。

第四章　画面感：讲故事就像拍电影

---

① 关于王勃的去世年份有两种说法，一种是676年，另一种是684年，此处按前者计算。

把一个简单、平常的事或场景

描述成另外一个

更容易产生故事的场面。

第五章

想象力：编出的故事也动人

忘掉身份，忘掉所有的常识和经验，带着一颗赤子之心，重新做回孩子，用孩子的想象力去讲故事，用孩子的纯真去观察生活，用孩子的激情去爱上这个世界。

在中国的火车站，经常出现这样一个景象：一列绿皮车和一列银白色的复兴号列车同时进站，它们匍匐前行，最后并肩停在站台上。如果让你给它们设计角色，并设计一段对话，你会怎么做？提示：它们的肤色一绿一白，它们的外形细细长长，它们像什么？

小青拜见姐姐。

你好，小青妹妹！我叫白素贞，今后我们就以姐妹相称。

啊！不可以，我哪里配有你这样厉害的神仙姐姐？

通过这段对话，绿皮车和高铁的奇遇被演绎成一段神话、一段传奇。我们可以把这段视频和白蛇、青蛇的对话，用在《中国高铁》的宣传片里，用来表现中国高铁一日千里的沧桑巨变。

这就是用想象力讲故事，这是一种非常难掌握的讲故事的技巧。它需要一种幽默、乐观的生活态度，一个可爱、有趣的灵魂，一种极其敏锐的观察力，一种天马行空的思维方式。

想象力最大的敌人是你长大成人后日积月累的各种经验、学到的各种知识。想象力的发挥就是要摆脱这些成人固化的认知，用一颗童心来看待世界。

孩子和爸爸一起在林荫道上散步，听着树叶沙沙响，他会脱口而出："爸爸，树叶在聊天呢！"按照常识，树叶怎么可能聊天，但孩子才不管这些。在他的脑海里，树叶就站在高处，面对下面形形色色的人，品头论足。

我有一个朋友说话特别有趣。有一次他在煮大红枣，我问他怎么判断把枣煮熟了，他随口答道："枣的脸上没皱纹了，就熟了。"在老去的过程中，如果你能顽强地不断摆脱成人世界强加给你的一切束缚，那么你就会成为伟大的文学家、艺术家。我们欣赏绘画作品，经常分辨不出哪一幅是伟大的艺术家画的，哪一幅是孩子画的，因为艺术家的内心就像孩子。

我读过一首童诗，诗中提到一个小男孩很淘气，看到红红的夕阳很漂亮，就想把它摘下来。他想用竹竿捅，但是够不着，于是他站在房上接着捅，还是够不着。慢慢地，太阳下山了，他去睡觉了。没想到，半夜雷声大作，暴雨倾盆，小男孩吓得扑到奶奶的怀里，哭着说："奶奶，奶奶，不好了，我闯祸了，我把天给捅漏了。"看到这里，我们忍俊不禁，心想：这个孩子的想象力真丰富啊。那么，如何提高我们的想象力呢？我给你推荐一本书——《小王子》，你可以从这本书中学习如何提高想象力。如果你能一会儿哭一会儿笑，一口气读完它，恭喜你，你的心理年龄不会超过 7 岁。这说明你不仅拥有一颗纯真、可贵的童心，还拥有超出常人的想象力。下面，我们就跟着《小王子》做几个想象力的训练。

　　训练一：小王子来自一颗特别小的星球，到底有多小，发挥你的想象力描述一下。

　　答：书中是这样描述他的星球之小的：挪挪凳子就能看一次日落，他一天能看 40 多次日落。他的星球有两座膝盖高的活火山，你猜小王子拿活火山干什么？他用火山爆发时喷出的火焰来做早饭。

　　训练二：有一天，小王子的星球长出了一朵玫瑰花，小王子担心毛毛虫会吃掉玫瑰花，玫瑰花却说："我愿意忍受两三条毛毛虫。"你能猜出玫瑰花愿意忍受毛毛虫的原因吗?

答:玫瑰花想认识蝴蝶,因为它听说蝴蝶很漂亮。

训练三:小王子很爱玫瑰花,但有一天,他俩闹矛盾了,小王子离家出走,来到了地球。小王子在地球上遇到了一名飞行员,他的飞机坏了,于是迫降在沙漠中。小王子让飞行员给他画一只绵羊,可是飞行员怎么画,小王子都不满意。最后,飞行员画了什么让小王子满意了?

答:飞行员随便给他画了一个方盒子,说羊就被关在里面。小王子又惊又喜,说这就是他想要的绵羊。原来,小王子想让羊去啃食星球上疯长的猴面包树,但他又担心羊把他深爱的玫瑰花给吃了,所以必须把羊关在笼子里。

训练四:一只狐狸非要让小王子驯养它,但产生感情后,小王子要离开了,狐狸伤心地哭了。小王子问:"明知道分手时会哭,为什么你当初非要让我驯养你呢?"狐狸说:"我不吃面,以前我对麦田不感兴趣,但以后我会喜欢麦田。"你知道狐狸喜欢麦田的原因吗?

答:"因为你的头发是像麦田一样的金色,我一看到麦田就会想起你,从此喜欢上了风吹麦田的声音。"

训练五:你知道小王子最后是怎么回到自己的星球的吗?
提示:这种方法是最快的方法。

答：是毒蛇帮小王子回去的，因为他被毒蛇咬了一口，死了就能马上回到老家了。

想象力没有套路，我们可以以孩子为师，接近孩子，学习孩子，爱上孩子，成为孩子，这就是我们培养想象力的第一种方法。我们培养想象力的第二种方法是模仿，在日常生活中，我们要不断积累富有想象力的故事，在积累中不断模仿，最终逐渐形成自己的想象力。

案例一：

小说家汪曾祺写过一篇文章，其中有这样一句话：

如果你来访我，我不在，请和我门外的花坐一会儿，它们很温暖，我注视它们很多日子了。

只有无比热爱生命、热爱生活的人，才能写出这般有趣的句子。模仿最好的方式就是学以致用，你能在实际应用中对汪曾祺的这段文字进行模仿和创新吗？有一名学员要给物业公司拍一部宣传片，向我请教，对于片中的文案有什么好的建议。大家想想，如何把汪曾祺的这句话用到物业公司的宣传片里呢？

如果你进入我们的小区，麻烦你一定要慢慢走，因为旁边的小花、小草正在拼命地和你打招呼呢！如果你不理它们，它们会很伤心的。

看过宣传片的业主一定会倍感温暖，这是一家多么有情怀的物业公司啊，对一花一草都如此怜惜，业主一定会对物业公司心生好感。故事创作需要想象力，把富有想象力的故事恰到好处地加以运用也同样需要想象力。

案例二：
我经常从儿童诗里寻找想象力的灵感。

每个孩子都是一颗花的种子，
只不过每个人的花期不同。
有的花，一开始就灿烂绽放；
有的花，需要漫长的等待。
不要着急，慢慢陪伴，静等花开。

这首诗写的是一个孩子和妈妈的对话，你能猜出孩子后面要说的话吗？可能有人会说，这孩子应该说："妈妈放心，我早晚会开花。"错了，我们往往会低估孩子的想象力。他接下来的话能把妈妈气得暴跳如雷，他说："或许还有另外一种可能，那就是你的种子永远不会开花。"就在妈妈气急败坏、行将发作时，孩子语出惊人："因为他原来是一棵参天大树！"

如此妙趣横生的儿童诗，我看一遍就记住了，总想着有朝一日能用上。突然有一天，大兴安岭林场想做一部时长 30 秒的形象宣传片，而这首小诗读下来正好 30 秒，简直是绝配。

每个孩子都是一颗花的种子，

有的花，一开始就灿烂绽放；

有的花，需要漫长的等待。

不要着急，慢慢陪伴，静等花开。

或许还有另外一种可能，

那就是你的种永远不会开花。

因为他原来是一棵参天大树！

培养想象力的第三种方法就是把培养想象力与形成中华民族的性格结合起来，带着使命感让想象力成为我们生活、生命的一部分。

案例三：

江西省文化和旅游厅请我给他们出一个广告创意（广告语是"江山美如画，赣菜香天下"），要求把江西的美景和美食都呈现出来。在这个广告创意中，我充分运用了想象力。

江西的鄱阳湖是我国最大的淡水湖，鄱阳湖荷叶连连，荷花次第盛开。突然，一条鱼跃出水面，去咬食荷花的花瓣，这样的镜头真是难得一见。我是电视导演，写文章要求自己语不惊人死不休，运用镜头同样要求自己"画面不惊人死不休"。接着，鱼再次跃出水面，跳进了庐山瀑布。此时的庐山云雾缭绕，紫烟升腾，鱼入其中，瞬间变成了赣菜中的一道名菜——鄱阳湖鱼头。镜头拉远，整个庐山变成了一个大盆景，而这个盆景被装在景德镇的瓷盘中。

京剧《沙家浜》中有一段唱词特别有气势，我特别喜欢："垒起七星灶，铜壶煮三江，摆开八仙桌，招待十六方。"一个看不见的神厨站在天地之间，舀起鄱阳湖的水，扯一块庐山上的雾，采一团景德镇的窑火，把江西大地的美食都捧给天下客人品尝。

让孩子敢于直面死亡

好书推荐《天蓝色的彼岸》文案

一个名叫哈里的小男孩和姐姐吵架时，对姐姐说："如果我死了，你会后悔的。""你放心，我不会"，姐姐回敬道："我高兴还来不及呢！"结果，弟弟出门买铅笔时被一个醉汉驾驶的大卡车撞了，他真的死了。这是小说《天蓝色的彼岸》里的一个情节。小说中写道，死后的人都要排队去一个名叫"天蓝色的彼岸"的地方，可哈里不想去，因为他知道姐姐一定会因为他的那句狠话特别伤心，他要向姐姐道歉。于是他的灵魂又回到了人间。他先去了学校，以为学校的足球队离开了他，比赛时一定会输得很惨，他的好朋友更离不开他。但是，事实令他很失望，他最好的朋友和他的死敌一起开心地踢着足球，而他的挂衣钩和座位也早就被新同学占了。大家又开始学习新知识，生活滚滚向前，地球离了谁都照样转。

就在这时，他突然发现，教室后面整面墙的板报诉说着大家对他的思念，甚至他最讨厌的同学还给他种了一棵树，上面写着："我们永远记住你，可爱的哈里。"他倍受感动。

他回到家里，发现家才是离开了他而陷入悲伤的地方，爸爸、妈妈、姐姐的脸上没有一丝笑容，爸爸每天都会去他的墓地。哈里想安慰他们，但是大家都看不到他。他用了最大的念力催动了姐姐的一支笔，当笔颤巍巍动起来时，姐姐并没有害怕，她问道："哈里，哈里，是你吗？"哈里在纸上写道："是。"姐姐说："我太抱歉了，哈里，我为我所说的话道歉。自从你出事，我时时刻刻都想这事。我无法挽回它……我很抱歉，哈里。"哈里写道："请原谅我说的话……"他写的最后一句话是："我爱你！"但是没有写完，就不得不离开了。姐姐对着房间说："哈里，你还在吗？我爱你，哈里……在我们打架时，我也爱你。我的房间你可以随便进，我再也不会贴不让你进来的字条了。我的笔你随便借，钢笔、铅笔、水彩笔，什么都行。"哈里吻了吻姐姐的脸，给了她一个幽灵的拥抱，然后又拥抱了自己的爸爸和妈妈，尽管他们感受不到。

　　这时，他已经没有遗憾了，排着队，迎着永远不会落的太阳去了"天蓝色的彼岸"。

　　"如果我死了，你会后悔的。"这样的狠话我小时候也和爸爸妈妈说过，相信这句话很多人也都说过，但是有多少孩子知道死亡意味着什么？大人也不知道该怎么和孩子讨论这个问题。哈里小时候就问过爸爸："什么是死亡？"爸爸的回答是："等你死了，就知道了。"但是死亡教育真的很重要。有些电子游戏告诉孩子，人死了可以满血复活，所以一言不合，15岁的孩子就敢从妈妈的车上跳下来，毫不犹豫地跳下立交桥。通过这本小说，我明白了一个道理："绝不要在你怨恨的时候放狠话，因为你不知道在哪一刻你就会沉睡不醒。记住了，不能对自己的亲人说狠话。"我们恰恰相反，经常将最恶毒的话讲给了最亲的人。这本书还提醒我们，要把握生命中的每一次机会，勇敢地表达爱，要和所有的爱人、亲人说："我爱你。"

小说结尾是这么描写"天蓝色的彼岸"的：绚丽多彩的太阳十分柔和，即使你直视它，都不会觉得刺眼；大海特别清澈，与蓝天融为一体。哈里平静地走进海里，和这个世界告别，他说："再见，妈妈。再见，爸爸。再见，雅丹。我想你们，我爱你们大家。我爱你们所有人。我非常、非常、非常地爱你们，比我能说出来的还要爱你们。"

消失在蓝色的海洋后，哈里又去了哪里呢？小说告诉我们："死亡不是结束，而是又一段里程的开始。"哈里听到爸爸妈妈说，他们想再要一个孩子，所以想在自己融进天蓝色的海洋后，身体中的一小部分进入那个新生儿的体内，重新变成爸爸妈妈的孩子。当然，那个小孩肯定不是哈里，只是有一点点像他，但那个孩子会在爸爸、妈妈和姐姐的陪伴下长大。突然某个时间，爸爸和妈妈不约而同地转头，说："他怎么有点像我们的哈里。"

　　如何面对死亡是一门大智慧，可以教会我们如何爱，如何告别。联合国教科文组织把《天蓝色的彼岸》称为"21 世纪最伟大的人性寓言"。这个故事告诉我们：一定要珍惜现在。哈里最渴望的就是风吹着脸的感觉，死后，这种感觉就没有了。他羡慕活着的小朋友，就连那些因为考试而焦虑的感觉都让他嫉妒。这个故事还告诉我们：不要在死后才想到说爱，不要等到生命终了才想到说"对不起"；活着的时候，所有的不珍惜、不挽救、不弥补都会成为死后放不下的念想，人生别留下遗憾。这个故事还告诉我们，要学会告别，只有彻底地放下过去、放下幻想，才能重新开始，比如失恋。《天蓝色的彼岸》，一本值得你反复品读的书。

第六章

倾诉感：让情感穿越时空

> 📖 **核心观点**
>
> 倾诉感表达的关键，投入真情实感，把话说进人心里。

在云南松山烈士陵园，安葬着一群娃娃兵，他们的年龄大多在 13~15 岁之间，最小的只有 9 岁。80 年前，他们为了保家卫国而牺牲。这场战斗，我们全歼日军 1200 余人，但我们付出了 4000 多条生命，其中就有 1000 多个娃娃兵。打扫战场时，帮忙埋尸的老奶奶看到好几个娃娃兵像蛇一样死死地缠在敌人身上，怎么掰都掰不开。老奶奶就哄他们："娃儿乖，我带你们去找爹妈。"就这样，一双双小手真的松开了。

虽然这样的事情纯属巧合，但老奶奶的确运用了一种非常厉害的讲故事技巧——倾诉。她的话能引起受众的强烈共鸣，对不幸牺牲的孩子抱以同情。孩子最依恋的就是妈妈，孩子最让人生怜的地方就是没有妈妈。按照常理，死去的孩子不会听到别人说的话，我们对逝者说的话，其实是说给活人听的，是说给受众听的。

有一位准妈妈挺着大肚子来到烈士陵园，她的一句话同样感动了在场的所有人。她说："你们哪个娃娃愿意，就到我的肚子里来，我把你们带回家；我一定让你吃得饱、穿得好，好好享受今天的好日子。"

增加故事的倾诉感的目的是打动人心。倾诉能做到打动人心的一个关键是：倾诉对象可以是假想的，但投入的情感必须是真实的。无论你面对的是死者还是雕像，你都要发自内心地相信他们能听到你的声音。下面是我讲述这段故事的文字，我非常欣慰地发现，很多人越来越会表达了。

以前清明节时，我们都去烈士陵园，献花，敬礼，缅怀先烈。如今，90后、00后缅怀先烈的方式给我们提了醒：牺牲的烈士中竟然有这么多孩子。好多年轻的爸爸、妈妈来松山烈士陵园时都会给这些娃娃兵献上糖果、饼干和巧克力。是呀，他们在短暂的一生中没尝过糖甜，没穿过新衣裳，甚至都没有吃过饱饭。谢谢年轻人教会了我们爱他们的方式，我们一直把他们当先辈敬，可年轻人却想把他们当孩子爱。站在这些孩子的墓碑前，没有人不希望有来世。

中国每年接志愿军先烈的遗骸回国时用的花篮、挽联，都坚持用繁体字书写，因为我国从 1956 年才正式推行简体字，担心英灵不认识后来的简体字，不知道家里人来接他们回家了。烈士陵园这种庄严肃穆的地方，都会种植一种名为红星杨的树。沿着树枝的横纹锯开，可以看到每个树枝的断面都有一个非常清晰的五角星图案，或许这就是"忠骨入陵园，草木皆徽章"。

　　一位来自云南的先生发布视频说，他的家和烈士陵园只有一墙之隔，窗外就是烈士陵园。当有网友问他："和烈士陵园离得这么近，你能接受吗？"男子的回答是："和烈士们做邻居，是我高攀了。"此话一出，引发了网友的盛赞，他被称为三观最正的人。一位来自江西的大学生网友说："我的大学就在烈士陵园旁边。"一位江苏的网友问道："为什么普通的墓园总让人觉得有点阴森、害怕，烈士陵园却没有这种感觉？"答案其实很简单，生前拼了命保护我们的人，死后又怎会伤害我们？那些英灵都是为了我们才牺牲的呀！

　　2022 年 9 月，中国人民以最高礼仪迎接第九批在韩国的中国人民志愿军烈士的遗骸归国。假设你接到这样一项报道任务：以电视台记者的身份做现场报道，不但要感人，还要有新意。下面，我们先通过新闻稿了解相关信息。

2022年9月16日，沈阳桃仙国际机场，第九批在韩中国人民志愿军烈士遗骸由我空军运-20专机护送从韩国接回辽宁沈阳，88位志愿军烈士遗骸及相关遗物回到祖国。多名志愿军老战士、烈士亲属参加迎回仪式。运-20将志愿军烈士的遗骸接回祖国，在沈阳桃仙国际机场，祖国以"过水门"的最高礼遇迎接他们，礼兵将殓放志愿军烈士遗骸的棺椁护送至运送车辆。

我们设定的倾诉对象就是志愿军老兵的英灵，给烈士忠魂做向导，为他们解说回家的路。

设定倾诉对象，就像我们平常找人聊天。聊天时，一定要换位思考，要站在被倾诉对象的角度，聊他们感兴趣的话题。用倾诉打动人心的第二个关键是，要了解被倾诉的对象想知道什么，他们想听什么，我们说什么。根据新闻稿里的信息，志愿军老兵如果真的再回人间，时隔70多年，他们一定会问："我在哪儿，周围这些陌生的东西都是什么？"像运-20、水门、仪仗队等，这些都是他们生前没见过的。请看下面的现场报道。

抗美援朝老兵，今天你们回家了！

这是你们第一次坐飞机，今天接你们回家的那架大飞机叫运-20，是咱们国家研究制造的新一代军用大型运输机，世界领先。接你们回家的那些帅小伙，是咱们国家仪仗队的兵。仪仗队专门负责国外元首来中国访问时的接待工作，由他们执行接待任务代表国家和军队的最高礼仪。飞机落地后，腾起的水柱叫水门，这也是欢迎礼仪的最高规格。站在路边向你们敬礼的，你们认出来了吗？那是你们的老战友。他们都老了，但都特别长寿，他们替你们看到了今天的好日子。

当老兵了解了周围的环境后，他们最想知道的是什么？他们是战士，最想知道的一定是：我们胜利了吗？

这场战争打了三年，咱们胜利了！我们把美国人打回了三八线。停战协定签署后，美国部队才收到了停战通知，他们拿着可乐、香肠、啤酒走到咱们志愿军的阵地上，把咱们的战士都整蒙了。对了，你们可能不知道什么叫可乐，可乐就是一种带着草药味的甜水，里面有好多气，喝多了会打嗝，是美国人发明的。啤酒是一种浓度不高的酒，因为是用小麦酿出来的，有一股麦香味，第一次喝会觉得有点苦。这些美国人对你们的战友说："希望以后再也不要在战场上遇到中国人。"你们把他们打服了。你们用生命为我们的祖国换来了和平，咱们中国人的威风就是你们打出来的。

用倾诉打动人心的第三个关键，就是把别人想说却没说出来的话表达出来，把别人憋在心中的情绪释放出来。

青海省相关部门为了保护青海湖脆弱的生态环境，把青海湖围了起来。有人为此表达不满，说青海禁止游客欣赏祖国的大好河山，就是为了圈钱。因此，我发视频为青海正名。

我去过青海湖，还在湖边扎了帐篷。青海湖跟我唠叨了两天两夜，我也不明白它想说什么。我在湖边一转才发现，周围全是垃圾。于是，我告诉青海湖："我来帮你捡垃圾。"可垃圾太多了，我怎么捡也捡不完。临走时，我哭着向青海湖鞠躬，说道："对不起，垃圾我真的捡不完。"没有铁丝网，游客可以随意把车开到湖边，被车碾压过的地方寸草不生；在花海里拍照，在水里撒尿，在湖边撒野，高原生态脆弱，经不起折腾。面对全网的声讨，青海人没有辩白，他们为了保护青海湖，还关了沙岛、鸟岛。这哪里是圈钱，明明是在断自己的财路。

青海玉树是全国唯一不收门票的地方，不是这里没有景点，这里的景点全是世界级的，三江源地区、可可西里自然保护区全在这儿。青海人把可可西里自然保护区这块风水宝地让给了高原的精灵。青海的美景美到让人窒息，但青海人很少宣传。

有人说青海穷，GDP 排名全国倒数第二，青海人却说，青海到处都是金山银山，因为绿水青山就是金山银山。青海的水电站点亮了多少一线城市的灯，柴达木盆地 21.5 亿吨的石油资源将打造出多少威震世界的中国制造，数万亿立方米的天然气将为多少家庭烹饪美味佳肴。这就是青海，心甘情愿地奉献出全部，却总是默默无闻。60 年前，金银滩边的藏民让出了祖祖辈辈居住的家园，为中国第一颗原子弹的诞生腾出了"产房"。青海保护着中华民族的根脉，掌握着中华民族的命脉，而今天又在守护着中华民族的水脉，咱们黑谁也不能黑青海。

这条视频的倾诉对象是青海湖，同样也是受了委屈的青海人，更是误解了青海的游客。青海省相关部门发布该视频后，让青海各个景区播放我的视频。我知道，我的话说到他们心里去了。

爸爸的倾诉

　　我的爸爸是退伍军人，妈妈是医生；爸爸大部分时候很严肃，妈妈特浪漫。在妈妈的记忆里，爸爸最浪漫的表达就是他们谈恋爱的时候，爸爸对她说："你穿白大褂真好看。等咱们结婚了，我要给你买一条白色的连衣裙。"妈妈一直有一个愿望，就是希望爸爸亲口对她说一句"我爱你"，可是爸爸从来都不说，这让妈妈特别生气，经常因为这个事情跟我和姐姐抱怨。后来，妈妈得了脑癌，病情急剧恶化，很快就成了植物人。我去医院看妈妈时，经常看到爸爸一个人坐在床边，拉着妈妈的手哭。

　　不久后，妈妈去世了。妈妈下葬那天，我给每一个人布置了一个任务——给妈妈写一封信，在妈妈的墓前念出来，然后放在妈妈的骨灰盒里陪妈妈说话。我是第一个念信的。"妈，这是我最后一次叫'妈'了，因为从今天开始我就没有妈妈了。在我们母子俩诀别时，我想和你约好，下辈子你还要当我的妈妈……"

　　然后是爸爸开始念信。他的第一句话就是"亲爱的立军"，妈妈的名字是"战立"的"立","军队"的"军"，听起来非常刚硬。爸爸平时喊妈妈都是喊"李立军"，就像部队里点名，每次听到爸爸喊妈妈的名字，我都特别想回应他一句——"到"。而这次，妈妈的名字从爸爸的嘴里说出来，我觉得特别好听。

"亲爱的立军"，爸爸开始回忆他们俩在一起的日子，他的信有点像一位老班长在点评战士，不光说了妈妈的优点，还说了缺点。信还没念完，爸爸就泣不成声，我站在他身边，看到了他还没念出的内容，就是妈妈终其一生想听到的那三个字——我爱你，爸爸在信纸上写了很多遍。我的眼泪一下子就流了出来，这眼泪其实也是替妈妈流的。我心中暗想，为什么爸爸不早说？为什么不让妈妈听见他说这三个字？

昨天看到有飞机失事的消息，我心里一直想的都是妈妈。我们总以为灾难是小概率事件，与自己无关，以后有的是时间做想做的事、对喜欢的人表达爱。但是，随着年龄的增长，我们才明白很多事情是我们料想不到的、改变不了的。对于我们无法掌控的未来，我们只能告诉自己，能做的事抓紧做，能见的人及时见，能说的话赶紧说，不要想着等以后、等下次、等将来……等来等去就没有机会，只剩下后悔了。

倾诉对象可以是假想的，

但投入的情感必须是真实的。

第七章

———

动人心：总有一点让你瞬间破防

📖 **核心观点**

　　一个好故事必须有一个让人瞬间心理破防的点。一句话、一个细节、一个瞬间、一个意料之外的联想、一个意想不到的反转，都可能成为受众为你点赞的点。

　　一句话真能讲哭一个人吗？不信咱们试试。

　　一位急诊外科的医生刚刚值完夜班准备下班回家，这时接到一通电话，他被同事叫回了医院。他实在是太累了，就问同事能不能一个人搞定。同事说："这回恐怕不行，来了一个大的。"他赶过去一看，果然是个大的。一个五六岁的小女孩，手不小心被绞烂了，手指头比铅笔还细，接个血管、神经还真费劲。在无影灯下，手术从上午 10 点开始，一直到次日凌晨才结束。后来其他医生问他："为什么手术做了这么长时间？"他说："你知道吗？那天来的是一个小女孩！我想让她结婚戴戒指时能开开心心地把手伸出来，所以来来回回接了好几遍。"

　　哪句话让你破防了？"我想让她结婚戴戒指时能开开心心地把手伸出来。"这句话让我脑补出这样的画面：急诊科的这位医生一定是一位父亲，他有一个和受伤女孩一样大的女儿，他嘴里说的是受伤的小女孩 20 年后结婚时戴戒指的情景，心里想的是自己的女儿出嫁时幸福的样子。医生在给这个小女孩做手术时，已经把她当成自己的女儿了。这个故事的感动点是如何形成的呢？用血亲间才有的情感去爱一个陌生人，这是让故事打动人心的第一种方式。

　　本书里有很多故事，我希望大家能将这些故事学以致用。

　　写记叙文时，如果遇到这样的题目："当手机铃声响起时""在 ×× 的灯光下"等，并且没有足够的故事积累时，那么我们只能从自己单调的生活中找素材。"当手机铃声响起时"，很有可能写成："当手机铃声响起时，我正在玩，忘记了回家""当手机铃声响起时，妈妈因为忘我地工作而忘记接我"……"在 ×× 的灯光下"，大家可能会千篇一律地写："在老房子昏暗的灯光下，妈妈（奶奶）为我准备明天远行的衣服和食物""在忽明忽暗的路灯下，山里的孩子正在刻苦地学习""在办公室的灯光下，老师正在批改作业"……急诊科医生的故事就要比上述故事生动得多。当手机铃声响起时，急诊科医生正要下夜班，突然遇上了伤情严重的孩子。无影灯下，医生忘我工作的身影更贴近真实的生活，特别是那句"我想让她结婚戴戒指时能开开心心地把手伸出来"的话，更让人破防。

我们也可以把这个故事用在议论文里。比如有这么一道题：

孔子曰："仁者爱人，有礼者敬人。爱人者，人恒爱之；敬人者，人恒敬之。"孟子曰："老吾老，以及人之老；幼吾幼，以及人之幼。"以"仁者爱人"为题，讲讲中华民族的传统美德在我们日常生活和工作中的体现。

这个故事就是最好的论据，医生把他人的女儿当成自己的女儿，"幼吾幼，以及人之幼"。又如，你要发表一场关于职业精神的演讲，这个故事就是职业精神最生动的体现，医生把被服务的人当成自己的亲人。

血亲之间真挚情感的表达是自然而然的流露，没有技巧，我们需要的只是牢牢记住，并用心去体会。妈妈病重时，我没日没夜地照顾她，此时爸爸说了一句话，让我顿时泪奔。爸爸说："我将来自己走到火葬场，不想麻烦我儿子了。"爸爸小学文化程度，怎么能说出这么让人瞬间破防的话呢？这就是情感不加修饰的流露。如果非要总结方法，我觉得那是一颗赤子之心，我们可以从孩子的话里寻找方法。有一个名叫朱尔的小朋友，虽然年龄小，但他写了一首名为《挑妈妈》的诗，感动了无数家长。

> 你问我出生前在做什么
>
> 我答
>
> 我在天上挑妈妈
>
> 看见你了
>
> 觉得你特别好
>
> 想做你的儿子
>
> 又觉得自己可能没那个运气
>
> 没想到
>
> 第二天一早
>
> 我已经在你肚子里
>
> ——《挑妈妈》

真实的才是最感人的，动人心、暖人心、筑同心，无关技巧和方法。我本真诚、善良，而感人的话语是真善美心灵的外化。小说《人世间》的作者梁晓声有四句话广为流传，他给好人下了一个定义："根植于内心的修养，无须提醒的自觉，以约束为前提的自由，为别人着想的善良。"暖人心就是处处为他人着想，让人内心感到温暖。总结一下，动人心、暖人心、筑同心表达的第二种方式是做好心人、说暖心话。

有一年，我和一大群老艺术家一起出席一个少儿朗诵大赛的开幕式。老艺术家登台表演了极为精彩的诗朗诵，我不敢在大师面前班门弄斧，只好讲了一个小故事。没想到，这个小故事让台下的老艺术家老泪纵横，纷纷向我竖起了大拇指。我的故事是这样讲的：

小时候，其他小朋友放学回家，都是先进家门再喊妈，可我不是。我家住四楼，没电梯，我一进小区就喊妈："妈——"一直喊到家。我嗓门大，以至于全院的人都知道我回来了。放学后，我不贪玩，不乱跑，一心就想回家，因为家里有我最爱的妈妈。直到我 10 岁那年，邻居小朋友的妈妈因心脏病突然去世了。我放学回家，仍然不管不顾地大声喊妈。没想到，刚跑到二楼，我妈就疯了一样冲了下来，一下子捂上了我的嘴，呵斥道："不许喊。"我妈把我拎回家，对我说："邻居小朋友的妈妈去世了，你这么喊妈，她心里得多难受。从今天开始，再不许大声喊妈了。"我妈把家里的钥匙用绳穿好挂在我的脖子上，说："以后别喊妈，自己开门。"从那天起，我就长大了。妈妈留给我最宝贵的东西就是设身处地为别人着想。

妈妈是医生，唐山大地震后，她们医院收治了很多伤员，她经常带一个名叫李杰的小伤员回家。妈妈告诉我，李杰的妈妈在地震中去世了，一定不要在他面前提妈妈。李杰每次到我家时，我从不在妈妈面前撒娇，吃饭时会把最好的座位——挨着妈妈的位置让给他。我坐在对面，看着最爱的妈妈给别的小朋友夹菜，心里想说："李杰，你知道吗？我正在把我最爱的妈妈和你分享。"

这些都是发生在妈妈和我之间的真实故事。妈妈于2001年去世，她留给我端正的人品、处处为他人着想的习惯，也成就了我今天在互联网上"好人大哥"的形象。说暖心的话，首先要从做一个好人开始，善良的人说出的话自然就是善言。我不仅希望各位读者能从本书中学习讲故事的技巧，更希望大家能像我一样做一个善良而快乐的人。

下面，我们再聊聊打动人心的第三种方式。请看我最喜欢的短视频博主邱奇遇的一篇小短文，他记述了自己带外婆第一次坐飞机的经历。

我说要带 78 岁的外婆去坐飞机，她好像缺了点勇气。我一路陪着给她打气，她被温柔地从人群中捧起，很少麻烦别人的她，眼神里藏了太多的歉意。她不知道该如何系安全带，劳作一生的智慧解不开这世界飞速变化的围。三、二、一！轰鸣的引擎带着她脱离了地心引力，她"哇"了一声。用一生扎根土地的人，第一次拥抱到了梦中的云。我的外婆啊，在小山村里数过满天繁星，也终于穿过了现代文明。快落地时，她才问我："坐飞机要花你不少钱吧？"我才明白她眼里那些数不清的犹豫，不是缺一份坐飞机的勇气，是怕长到这么大的我对于机票钱力所不能及，是怕这份爱意里，含了强撑面子的委屈。我想让她浑浊的眼睛，看得到万物分明，想让她看遍人间风景，可惜飞机不是时光机。我的爱，只是在循着她的轨迹。

你看完这段文字后，总结出打动人心的第三种方式了吗？那就是对细节的发掘。"不知道该如何系安全带"被作者描述成"劳作一生的智慧解不开这世界飞速变化的围"，飞机起飞又被他描写成"用一生扎根土地的人，第一次拥抱到了梦中的云"。他通过细节把外婆坐飞机过程中产生的强烈心理变化生动地表达了出来。他不仅对细节进行了描述，更对细节背后蕴含的丰富情感和复杂内心活动进行了挖掘，这是打动人心的第三种方式。

有了 AI，我们还要读书吗

　　有人曾幻想将全人类的知识压缩成一张芯片植入人类的大脑，人便能通晓万物，这样就再也不用读书了。让孩子成为"百科全书"，这是读书的目的吗？一张芯片能让我们的孩子拥有成为家庭顶梁柱的责任心吗？能具备为民族扛鼎未来的气魄吗？能获得克服人生路上种种艰难险阻、永远保持乐观向上的智慧和勇气吗？使唐僧成为圣僧的并非那些经书，而是他历经九九八十一难叩问真理的朝圣路。

　　我们为什么要读书？张桂梅创办女子高中，让 2000 多名云南大山里的贫困女孩通过读书改变了人生轨迹，在贴着"知识改变命运"标语的教室里，这些女孩的朗朗读书声和百年前少年周恩来"为中华之崛起而读书"的誓言遥相呼应。再强大的 AI 也无法复制张桂梅言传身教、"女儿当自强"的示范。

　　我们为什么要读书？钱学森、邓稼先把毕生所学，化作大漠孤烟里的一声惊雷，化作在戈壁滩上筑起的护国"长城"。蘑菇云撕裂长空的光芒凝成护国铁盾，东方红卫星闪烁的轨迹刺破科技封锁的长夜。比墙高的纸上，倾注的是他们"科学报国"

的信念，密密麻麻的计算公式里，藏着他们"振兴中华"的赤子心跳。他们身上 AI 永远无法复制的精神才是我们后辈在长夜中跋涉时一抬头就能看到的前进坐标。

我们为什么要读书？陈天华在《警世钟》里写道"长梦千年何日醒，睡乡谁遣警钟鸣"，为了唤醒国人，他跳海殉国；李大钊在《新青年》上写下"试看将来的环球，必是赤旗的世界！"这位北大教授，为了人类自由的精神、为了中国革命献出了一片赤子之心和宝贵的生命，用鲜血浇灌了为民族、为国家、为人民而绽放的自由之花。"少年强则国强"，梁启超的《少年中国说》唤醒青年救亡图存；"中华民族到了最危险的时候"，聂耳、田汉创作的《义勇军进行曲》化作中国人冒着敌人的炮火永往直前的战鼓。百年前的这些读书人，在文字里倾注了 AI 永远不会产生的滚烫热血，融入了 AI 永远无法复刻的爱国情怀。

我们为什么要读书？文让国醒，理让国强。文科生执墨痕作刃，是国家的气节；理科生铸铁甲为盾，是国家的脊梁。无论学文，还是学理，都是为了民族薪火永燃、文明星海长明。

那么在 AI 时代，我们又该怎样读书呢？许多同学在面对难题时，会下意识地求助解题软件，这些软件虽然能快速给出我们想要的答案，但却使我们跳过了独立思考的环节。我们解决难题时磨出的耐心、辩论时练出来的逻辑，才是别人拿不走的"装备"。

一个能让人在一夜之间完成所有知识积累的芯片，可能会拿走一个人乃至一个民族独立思考的能力。只有独立思考，才能把死知识转化为解决现实问题的活智慧；只有独立思考，才能塑造出一个个独特而有趣的灵魂；只有独立思考，人才能迸发出让世界更美好的伟大创造力。

在百年未有之大变局下的大国博弈，我们需要用创新人才塑造我们民族的创造能力。不甘平庸的医科大学毕业生饺子成了电影导演，他表示要把每一部作品都当成自己的最后一部作品，不给自己留下任何突破的可能性，这才成就了电影《哪吒2》世界前五的票房，让中国动漫笑傲世界；没有留过学的梁文锋始终认为顶尖的人才就是要解决世界上最难的问题，他让中国的人工智能冲在了世界的最前沿。真正有创造力的人是那些敢想敢干、把一件事做到极致的人，真正有创造力的人是把自己的独特爱好和才华融入民族振兴伟大事业的人。

我们的创造力让先贤古老的智慧在数字时代重生。当我们用 AI 算法优化城市垃圾分类系统时，我们将《天工开物》里"物尽其用"的生态哲学融入其中，先哲思想会给我们解决现实问题以最深刻的启迪。

我们的创造力让祖先伟大的精神在民族复兴路上闪光。当我们开始用 AI 解析《诗经》中的意象时，感悟到"岂曰无衣，与子同袍"背后的文明基因。这种流淌在血脉中甘苦与共的同胞亲情，才是我们身处民族危难时同仇敌忾的力量。

　　如果我们能像使用望远镜观察星空那样使用 AI，我们的作业本上将不再是冰冷的标准答案，而会铺满了浪漫的星光。面对已经到来的 AI 时代，每一个中国青年都能做那个不可被定义、不可被复制的自己，五千年生生不息的中华民族也一定能闪耀出照亮人类未来的光谱。

真实的才是最感人的，

动人心、暖人心、筑同心，

无关技巧和方法。

第八章

巧用数：挖掘数字中的故事

📖 **核心观点**

我们常常认为数字是枯燥的，恰恰相反，数字最具表现力，能准确突显人和物的特性与本质。

巧用数字讲故事的第一种方法就是大胆质疑，对大家过去想当然的固有看法进行科学的求证，甚至可以颠覆千古名言。

惊人发现："燕雀安知鸿鹄之志"？司马迁说错了。

"燕雀安知鸿鹄之志哉"，这是司马迁在《史记》中写下的一句名言，意思就是燕子和麻雀怎么能理解鸿雁和天鹅展翅千里的志向呢？如果北京雨燕懂人话，一定气炸了！定位追踪技术证明，北京雨燕绝非等闲之辈，每年 4–7 月，它们会住进紫禁城，在金色的琉璃瓦下生儿育女。随后，它们会一鼓作气，飞出一道长达 1.6 万千米、跨越亚非两大洲 37 个国家的"世界级"弧线，到达遥远的非洲南部。第二年 2–4 月，它们又原路返回。很难想象，平均寿命只有 5 岁半的北京雨燕，一生飞行的距离相当于绕地球赤道 3 ~ 4 圈。"燕雀安知鸿鹄之志哉",《史记》中的这句话流传了 2000 多年,但在今天,被高科技总结出的大数据证明它的不严谨。

巧用数字讲故事的第二种方法就是对数字进行情感转化,让数字更容易被理解。这种方法用于带货,能产生奇效。

惊人发现:稼穑之苦,谷贱伤农。

董宇辉在东方甄选直播间卖 6 元一根的玉米,引发了不少网友的热议。有一个拥有千万级粉丝的大 V 指责说:"这种玉米的收购价是每穗 0.5 元左右,董宇辉不该卖这么高的价格。"董宇辉的回应是:每穗 0.5 元的玉米是喂牲口的,自己卖的玉米来自东北优质的产区,收购价已经达到每穗 2 元。卖 6 元一根根本不算贵。谷贱伤农,作为农民的儿子,董宇辉知道稼穑之苦,不会把玉米卖得太便宜。"每穗 0.5 元的玉米是喂牲口的",这句话又引发了网友的不满和热议。这时,中央电视台公布了 2021 年中国玉米的用途分配情况:60.7% 用于畜牧业(真的是给牲口吃的),31.7% 用于工业品的生产,只有 7.2% 被人食用,另有 0.4% 用作种用。中央电视台的数据支持,让那些攻击董宇辉的人显得无知。董宇辉的博学让他再次赢得人心,特别是他对小时候吃玉米情景的回忆,更是让人泪崩。这吃的哪里是玉米,明明是在品尝乡情和回忆。

夜风袭来，树叶沙沙作响。天空偶尔飞来两只不知名的鸟，你一只手拿着筷子戳着的玉米在啃，另一只手还贪心地抱着从水井里刚取出来的冰镇西瓜。

那时的你，头不疼，颈椎也不疼，不会在失眠的夜里辗转反侧，也不会在睡醒的早晨感觉头昏脑胀。那时，你父母的身体还很健康，他们年轻、平安喜乐，爷爷奶奶也陪在你的身边。你其实不是想玉米，你在想当年的自己啊。

孩子花 500 元玩一次爬高的游戏贵吗？

我有一个朋友开了一个儿童拓展训练中心，让孩子们尝试攀岩等高空运动。他问我："把票价定为 500 元一次，贵吗？"

他邀请我参观了他们的儿童拓展训练中心，他们的销售总监招待了我。我问这位销售总监："你觉得 500 元的票价，贵吗？"他回答说："我们的设备是从德国、丹麦和英国进口的，必须确保孩子们的安全。因为设备贵，价格自然定得就高了些。"作为家长，你是否接受这个价格？你是否认可这位销售总监对价格的解读？ 我让销售总监把现场所有的员工都集中在一起，给他们上了一堂产品经营和销售的课。我说："如果我是家长，我的直觉会认为 500 元一次确实有些贵。但如果你告诉这位家长这 500 元的真正价值，那么家长一定会觉得 500 元一次太值了。这种游戏只需要玩一次，从明天开始，你的孩子摔倒后就能自己站起来而且不哭。你觉得这 500 元花得值不值？如果你的孩子来这里玩 10 次，他所有的体育课成绩都会是优秀，上学期间不会被校园霸凌，这样你还会觉得这 5000 元的票价贵吗？"现场所有的员工都为我的讲解鼓掌喝彩。

我们从一年级就开始学数学，但我们并没有意识到，数学可以算出故事，算出情感，算出价值。

每天进步一点点
让每一个今天饱满充实

我们做不到一步登天，但可以做到一步一个脚印，笃定前进。每天进步一点点，听起来好像没有那种一飞冲天的气魄，却能默默地创造一个个意想不到的奇迹。

2021 年 8 月，东京奥运会男子 100 米半决赛前，苏炳添用大拇指与食指摆出一个"1 厘米"的手势，用于提醒自己，进步一点点就好。在随后的比赛中，他跑出了个人的最好成绩 9 秒 83，并成为历史上首位闯进奥运会百米决赛的中国人。这个成绩和牙买加短跑选手尤塞恩·博尔特（Usain Bolt）创造的百米纪录 9 秒 58 还有一定的差距，但是你可能不知道，博尔特的身高是 1.96 米，苏炳添的身高只有 1.72 米，苏炳添跑完 100 米要用 49 步，博尔特只需要跑 42 步，苏炳添要比博尔特多跑 7 步。所以苏炳添说："我只能付出比别人更多的努力，才能和别人站在同一起跑线上。"

我们常会听到有人说："你再努力也赢不了天才，中国选手再刻苦，也赢不过天生就是跑步天才的非洲运动员！"这种话凉了多少热血，毁了多少初心。苏炳添并没有把战胜短跑天才当成自己的目标，他只想超越自己，只想每次进步一点点。

苏炳添因跑步节奏的问题做了一个决定：把起跑脚从右脚改为左脚，以便让自己别一开始就着急往前冲，将力量合理地分配到全程。当时他已经25岁，改变自己10多年的运动习惯，无异于武林高手自废武功后重新练。改起跑脚后，他一度连国外的女选手都跑不过。但这次改变让他终于跑出了9秒99的好成绩，成为第一个踏入10秒关口的黄种人。但他的改变并没有停止，他在29岁时改变了前后起跑器的距离，接着又改变了摆臂的动作。30岁时，他又改变了呼吸模式。如何在高手林立的百米赛场上脱颖而出？他用的不是腿，而是脑子。每天进步一点点，说起来容易做起来难，这必须有严于律己的人生态度和自强不息的进步精神。

中国何尝不是如此？改革开放就是中国正视自己不足而进行的最伟大的一次改变。国门打开后，人们惊呼，我们和欧美强国还有很大的差距。但落后的中国没有灰心，什么不好，我们就改什么，我们没想超过谁，只想每天进步一点点。我们的基础设施落后，我们就勒紧裤腰带，在还没有吃饱饭时修路架桥。每天延伸一点点的高速公路，截至2022年年底通车里程17.7万千米，稳居世界第一，它延伸到的地方，都是我们梦想中的诗与远方。每天跨度增加一点点的大桥已经横亘在无数的崇山峻岭中，截至 2024 年 9 月 25 日，世界前 100 座高桥中近半数在中国贵州，其中前 10 座高桥有 4 座在贵州。于是，就有了"进了云贵川，不再有山路十八弯"的说法。每天进步一点点，2012—2017 年我们每分钟至少有 26 人摆脱贫困，8 年则有约 1 亿人摆脱贫困；2021 年 2 月 25 日，我国脱贫攻坚战取得全面胜利，中华民族的历史翻开崭新的篇章。每天进步一点点，改革开放 45 年，我们经济总量就超过了整个欧盟。高铁、超级计算机、5G、北斗卫星、空间站……我们有太多的技术已经处于世界第一梯队。不认输，拼命干，这就是刻在中国人骨子里的精神。

每天进步一点点，就是要雷打不动地把每一件事做好；每天进步一点点，说明一直都很努力，不虚度任何一天。不是心血来潮，不是眼高手低，而是脚踏实地，不满足，不停步，不回头，平静从容，步履稳健，于无声处创造出惊天的奇迹。

每天进步一点点，能让每一个今天都充实又饱满；每天进步一点点，能让每一个人生都厚重又丰盈；每天进步一点点，更能让一个民族走向繁荣和复兴。

对数字进行情感转化，

让数字更容易被理解。

第九章

融亲情：把儿女情长融入家国情怀

📖 **核心观点**

把事与事之间的关系理解为人与人之间的关系，像邻居、像对手、像朋友、像亲人、像兄弟。这样，国事就变成了家事，陌生人就变成了熟人；复杂的新闻事件就变成了家长里短、儿女情长。

有位网红主播在直播间销售一款 79 元一支的眉笔，当网友嫌贵时，这位网红主播脱口而出："自己不努力挣钱，还嫌眉笔贵。"这一下子引起了轩然大波，物美价廉的国货品牌意外地迎来了热卖狂潮。一个个国货品牌相互提携，互访直播间。我把这些国货品牌幻化成一个个性格鲜明的小人物，个个可爱动人。

就在大网红翻车的当天晚上，蜂花（小名"花花"）羞答答地蹭进大网红的直播间，怯生生地问了一句："我能从您家捡点粉丝吗？"后来大伙发现，它不光捡粉丝，还捡包装盒。粉丝揭发，它家洗发水的外包装居然用的是牙膏盒。被人发现的花花故作镇静，矢口否认："没有呀！"网友急了："你捡牙膏盒就算了，还用个坏的。"花花马上抢着说："没有呀，我捡到它的时候是好的呀！"全网笑喷，它像极了偷吃了西瓜、满嘴瓜瓤，却死不承认的小姑娘，可爱极了。花花古灵精怪，特别可爱，小嘴一张，有点小坏："不管你工资涨不涨，反正我们不涨，你79元钱买0.24克眉笔，我们79元钱卖5斤蜂花。"蜂花挎着小筐，从大网红直播间捡完粉丝，第一时间就率领众乡亲赶到鸿星尔克的直播间。蜂花敲门后，主播问道："谁呀？""我是花花，你的网友。"这下可热闹了，蜂花和鸿星尔克你来我往，相互串门。汇源的主播在喝蜜雪冰城，蜜雪冰城却在直播间里放上了蜂花护发素。

国货直播间串门大拜年，国民品牌直播时代正式开启。一群被潮流遗忘了好多年的国产品牌，你拉我一把，我推你一下，连拉带拽，一起挤上了这趟通向国货复兴的富贵列车。它们的样子拙笨但却真诚，让我的眼泪一次次夺眶而出。一个70多年的老品牌——活力28洗衣液的直播间一下子涌进了上万人，三位阿姨、叔叔手忙脚乱，刚开播就被封了三次，接着又被警告了两次。粉丝这个急呀："货没有了，让运营加点库存。"叔叔反问："运营是什么？"粉丝急了，赶紧说："咱们连麦，我教你。"叔叔更蒙了，问道："我们刚开张，哪有'卖'呀？"粉丝们气乐了，说道："您赶紧找个年轻人来播吧。"叔叔推了一下老花镜，说："我们是厂里最年轻的了，上年纪的都在一线加班加点生产呢！"粉丝们七嘴八舌指点，几位老人终于关掉了晚发赔付，可让人崩溃的是，他们又把小黄车整丢了，粉丝们又帮他们全网找小黄车。粉丝们为老国货操碎了心，生怕这从天而降的财富，它们接不住。这里没有神仙打架，只有神仙友谊。

粉丝们为什么支持国货？因为患难见真情，在一次次灾难袭来时，一道道国货之光温暖了人心。鸿星尔克负债25亿元，开不起网上会员，请不起主播带货，河南突遇水灾，但鸿星尔克向河南捐助5000万元物资；债务规模庞大的贵人鸟也向河南捐赠了3000万元物资；2021年7月22日，汇源在官方微博宣布，向河南紧急捐赠100万元赈灾物资。蜜雪冰城本部就在河南灾区，自身受损严重，却开放所有门店，免费救助路人，还捐款2200万元。这些年来，它们一直在默默无闻地为我们坚守着国民品牌，保持着一如既往的匠心品质和真诚服务，抱团取暖度过了最寒冷的冬天，终于赢来了国货之光的闪耀时刻。

这些文字生动地体现了在故事中融注亲情的四个关键步骤。

融注亲情的第一步，要确定新闻相关方的人物关系。国货品牌如果变成人会是什么样的关系？就蜂花和鸿星尔克来说，我给它们设定的关系既不是战友，也不是兄弟，而是网友。这是一种迎合年轻人的表达，非常容易传播又特别打动人心。确定好关系后，第二步就是确定人物的形象和性格。蜂花和鸿星尔克如果有性别，谁是男？谁是女？当然蜂花是女，鸿星尔克是男。蜂花古灵精怪，鸿星尔克稳重憨厚。第二步是给设定的人物增加场景。上面的文字场景设置给故事增加了极强的画面感，蜂花就像是采蘑菇的小姑娘，挎着小筐，筐里不是蘑菇，而是捡来的粉丝。第四步，故事讲述者也要全身心沉浸于情境之中，用最真挚的情感勾勒出最真实的画面。当这些被潮流遗忘的国货品牌连拉带拽挤在这班富贵列车上时，故事讲述者就在旁边，看着看着，不禁热泪盈眶。我为国货品牌的团结而感动，为活力 28 老员工不熟悉直播规则而着急，更为国货之光而由衷地自豪。

再举个例子，大家可以按照这四步法检验一下自己对这种讲故事方法的掌握程度。

哈尔滨爆火后，春天来临，冰雪大世界在大家的恋恋不舍中谢幕了。网友的留言让人泪目："以前老是希望东北的冬天快点过去，今年我们却希望哈尔滨的冬天长点，再长点。"在冰雪大世界的舞台上，网红主持人"左右哥"的话真挚感人："拜托全国各地的朋友，照顾好漂泊在外的东北亲人。"就在这个冬天，很多漂泊在外的东北人回到了家乡。根据这个主题，我们设计一下东北人回到家乡后的情景。

首先是设定关系。针对在家留守的东北人和在外漂泊的东北人设置什么样的人物关系最能打动人？他们应该是一家人，一般来讲，都是憨厚的老大在家孝敬父母，弟弟妹妹出门闯世界。确定好了新闻主体的人物关系，下面就可以根据亲情关系进行编剧了。

每家都有一个憨厚的老大，帮着爹妈把弟弟妹妹拉扯大。后来弟弟妹妹都在外发展，老大守着老宅，守着爹妈。终于有一天，弟弟妹妹回来了。大哥一开门，憋了一肚子的话，最后变成："咋才回来？"大哥一把将弟弟妹妹拉进屋，热情地招呼道："外头冷，赶紧进屋。想吃点啥？哥给你整。"

场景应该是大雪纷飞的寒冬，弟弟妹妹在厚厚的雪中，深一脚、浅一脚地回到自家的老屋前，敲开了大门。这就需要我们作为故事的讲述者全身心地投入故事情境，深入当事人复杂的情感世界。自己一个人照顾父母，父母想孩子，弟弟妹妹又顾不了父母，当大哥的对弟弟妹妹怎能没有抱怨？但除了报怨，更有心疼。这么复杂的感情，用四个字概括出来："咋才回来？"

在设定关系时，我们可以把物与物之间的关系描述成人与人之间的关系。当然，也可以反其道行之，用物来替代人。举个例子，与哈尔滨一起爆火的还有"小土豆"这个称谓。它是指个子比较娇小的南方游客，而身材高大的哈尔滨人自嘲为"大地瓜"。如果定位人物关系，"小土豆"和"大地瓜"应该是什么样的关系呢？它们都是薯科植物，我们最容易设定的关系是同胞、兄弟，但我认为最能产生情愫的是情侣关系。请看下面在确定好人物关系后的故事演绎。

"小土豆"和"大地瓜"的双向奔赴，早就被网友描述成一个爱情故事。一个"小土豆"临走时给东北"大地瓜"留言："亲爱的尔滨，当你看到这些话时，我已经回到南京上班，请原谅我的不辞而别。我明白如果你知道我要走，我就肯定走不了了，所以我还是不太敢明目张胆地从你眼前推着行李走，在尔滨的日子是我一生中最快乐的时光，锅包肉、大拉皮、冰糖葫芦、大冻梨，还有搓澡的沈阳阿姨。勇敢的土豆要学会离别，这是我能想到的最好结局。尔滨，谢谢你，让我受到了前所未有的宠爱。"后面是"大地瓜"的留言："亲爱的小土豆，此刻，你应该在南京的梧桐树下。记得你刚来时，我手足无措，好久没有人这么喜欢我了，我只能不遗余力地掏心掏肺，甚至都有点儿吓到你了。我告诉你，不是我在宠你，而是你不远万里，越过山海关抵达这片冰封的土地来宠我。东北的冬夜很长，可是有了你，我不冷了。豆子，此行你见过冰雪，便祝你以后一路顺溜。"

在所有的情感中没有比爱情更浪漫、更打动人心的。在我的脑海里有一个特别的转化器，任何事物都能被幻化成人，事物之间的联系也会自动转化成人与人之间的关系，比如与风对话，和明月交心，给太阳讲笑话，和蚂蚁玩游戏等。带着感动和世界聊天，带着真诚与天地交心，你的故事就会感天动地，就会影响全世界。

中国流行起"外号"

曾几何时，中国开始流行起"外号"。"口罩"三年，同胞抱团取暖，"热干面加油""胡辣汤加油""炸酱面加油"……口号不绝于耳。"热干面""胡辣汤""炸酱面"……这是亲人间才有的昵称，这是同胞间才懂的外号。

今年冬天，又有两个外号——"小土豆""大地瓜"火遍全国。哈尔滨的一夜爆火，演绎出了最精彩的中国故事、最深厚的同胞情。看到两个"小土豆公主"一边排队，一边捡垃圾，很多东北人呼吁给她俩退景点门票钱。有一位妈妈也在全网找这两位姑娘，想把在吉林大学读大二的儿子介绍给她们。

广西的 11 个"小砂糖橘"也火了，全东北都抢着邀请他们去旅游。在离开漠河的列车上，一个"小砂糖橘"哭着要带照顾他的警察叔叔回南宁，全网跟着他边笑边哭边评论："头回听说，有小孩要把警察拐跑了。"最后两人相约南宁见。南宁到漠河大约 4500 千米，南宁冬季的平均气温大约 20℃，漠河冬季的平均气温大约 –30℃，温度相差约 50℃。咱们家真大，咱们骨肉同胞真亲。当初，11 个孩子一到哈尔滨，东北"老铁"就拍着胸脯说："孩子交给我们请放心，你们专心摘砂糖橘吧。""小砂糖橘"由此得名。不到一天，广西回消息了，橘子摘完了，挑 3 车刚从树上现摘的最好的送到东北，外加 8 车沃柑，一共 11 车，让"老铁"们品尝。11 车水果，对应的是 11 个孩子。哈尔滨马上回礼 11 万盒蔓越莓，体面大方。你旅游我挣钱的事，怎么变成了串门走亲戚，这样的礼尚往来，全世界只有中国有。

为了帮助哈尔滨人"整活儿"，沈阳竟然把两只网红凤凰借给了哈尔滨。拼实力的关键时刻，沈阳怎么能"自废武功"呢？我们真是小看了东北人的大格局！"东北一家亲"，还真不是口号。如果问，您是哪里人？"我北京的""我天津的""我重庆的""我四川的"……唯有东北，不分黑吉辽，就一句——"我东北的"。哈尔滨火了，没忘记自家兄弟，正合计着把自己家的 50 万游客引到兄弟家来。这哥仨都商量好了，让游客先把哈尔滨逛完了，再去吉林雾凇踩一脚，去锦州吃烧烤，去沈阳搓大澡。众人拾柴火焰高，一个好汉三个帮。这个道理只有中国人懂。

我有两个判断：第一，全国一家亲，各地、各行业相互成就，一定会让我们打一场经济上的胜仗；第二，哈尔滨火了一年，还会持续火，因为 2025 年哈尔滨会举办第九届亚洲冬季运动会，一年火遍全中国，两年火遍全亚洲，三年火遍全世界！吉林、辽宁一齐努力，让这把火烧遍全东北，新疆、内蒙古一块加劲，让这把火燎原成北国风光一片红。

没事时，各地人会相互挤对、起外号，"京油子""津嘴子""九头鸟""山东汉子""河南担子"……一旦国家有难，人人挺身而出；每逢同胞有困难，定会八方支援。地不分南北，人不分老幼，瞬间团结成百战百胜的队伍。"一方水土养一方人"，各地的外号体现的是祖国疆域的辽阔和复杂、民族文化的丰富和包容；"血浓于水"展示的是中华民族万众一心、无往不胜的强大力量。

第十章

顺人心：听众爱听什么，我就说什么

> 📖 **核心观点**
>
> 要想说话吸引人，一定要明白这样一个道理——不是我们要说什么，而是别人想听什么。

一位朋友想减肥，结果没忍住，晚上又吃多了，就在他觉得自己罪孽深重、不可救药时，你如何宽慰他？我会告诉他："没关系，从现在起，16 小时不吃饭，这顿饭的热量就几乎能消耗殆尽。以后晚上吃席，8 点后最好别动筷子，第二天睡个懒觉，不吃早饭，等到中午 12 点后再吃午饭，这样能促进身体消耗脂肪作为能量来源，不长肉。"多么美好的事情，口福没耽误，还能睡懒觉，太顺应人性了，这样的话谁不爱听？

说话让人听得进去，最需要的是洞悉人的需求。人的弱点之一就是急功近利，针对这一特点，我总结出说话让人听得进去的第一种方法——投其所好，而投其所好最好的办法就是把效果放在最优先的位置来强调。这是因为很多人都希望用最少的付出取得立竿见影的效果。

　　一位不知名的老师去一家大公司讲授礼仪课，开始上课了，但是学员们并没有把这位老师放在眼里，依旧谈笑自若。老师从容淡定，语出惊人："你们想不想再长高两厘米，腰围减小一寸①？"教室里瞬间鸦雀无声，这是大家梦寐以求的事呀！——效果优先的方法立竿见影。老师接着说："想做到这一点其实很简单，只需一秒，你就能做到，挺胸、抬头、收腹。你是不是觉得自己瞬间长高了，变瘦了！长此以往，坚持下去，你不仅有更高的个子、更好的身材，还会有更优雅的仪态、更棒的精神状态，更有自信。"这真的是一种行之有效的好办法，不信你观察每个当过兵的人，他们都有那种不可言状的气质。《新闻联播》的主播康辉是我的好朋友，他个子不算很高，但他平时总是挺胸抬头、挺直腰板，走路特别快、脚下生风。往那一站，他总给人一种玉树临风之感，显得个子高、身材好。

　　因为我能够洞悉人的需求，再难的东西，我都能给出简单的学习方法。比如，学英语！有一次，我在上班路上遇到一个推销英语课的人，他一直跟着我，喋喋不休。我问他，你们的英语课有什么特点，他支支吾吾半天说不明白。我让他把周围

---

① 1 寸 =0.0333 米。

几个同事都叫过来，我说："我给你们讲讲我怎么学习英语和推销英语课的话术。"于是，我的讲课开始了。我首先用的就是讲故事的"效果优先法"。我说："我教你们一个非常生僻的英语单词，能让你们一辈子都忘不了。"我在地上写下"100m"，问道："你们看，这是什么？100米。这个英语单词就是'loom'，英语6级词汇，中文翻译是'织布机'。所以，100米就是织布机，记住了吧？"一秒记住一个单词，并且永远忘不了。

接着，我正式推荐我的英语学习法，几个推销小哥听得全神贯注。我设计了一个场景来突显我的英语学习法的效果。如果你在马路上遇到一个外国人，他拍了拍你的肩膀，用中文对你说："哥们儿，我给你讲个故事。从前有个小孩在山上放羊，觉得无聊，就喊'狼来了'……"讲完后，他问你："我的中文怎么样？"你一定会发自内心地说："太棒了！"同理，你走在纽约街头，用英语给一个外国人讲同样的故事："Long long ago, a boy was looking after his sheep in the mountain..."（很久很久以前，有一个小孩在山上放羊……）。讲过后，你问人家："How's my English?"（我英文怎么样？）人家一定会说："That's great！"（太好了。）所以我的英语学习的第一步，就是找一个既短又简单的故事背诵。比如《狼来了》一共100多个单词，小孩一天内就能背下来。

第二步，找一本最简单的英语书，用一个月的时间把它读透。记住，千万不要背单词，理解单词的意思就行。第三步，找一部百看不厌的英文原版电影，每天看一遍，一直看到不用看字幕都能听懂为止，如《狮子王》。

背一个英文小故事、读一本书、听懂一部电影，就这么简单，完成这三项任务后，我保证你的英文水平会有很大的提升。这个方案对于零基础的人也适用，家长和孩子可以一起完成。

因为对英语学习的恐惧，社会上有一种声音，希望让英语变成副科，甚至希望英语退出高考。如果你从事英语培训工作，那么你该如何和家长强调英语学习的重要性呢？我教你一个话术。

英语相当于世界的普通话。国际间交流的文件、合同主要都是用英语起草的，世界上有大量图书都是用英文写作的。孩子高考的目的是考上大学，考上大学后，孩子要接触的英语图书会越来越多。在当今世界，学好英语，能让你的孩子有更多的机会。为了给孩子的未来创造更多的可能性，一定要让孩子学好英语。

我的这段话术也体现出说话让人听得进去的第二种方法：

永远站在大多数人的立场上，寻找共鸣。所以，无论讲什么话题，我永远站在最广泛的人民群众的立场上。比如，我们要讲这样一个话题："谁最爱国？"按照我的方法，一定会得出这样的结论：老百姓最爱国。

北京出租车司机的政治素质名震全国，他们聊起国家大事、国际局势，头头是道，甚至盖过专业的新闻评论员。每次下班回家，我总被门口的几个大哥、大爷叫住聊国际时政。喝着几元钱一两的茉莉花茶，纵论古今，指点江山。你发现没有，越是老百姓，越关心国事、天下事。

如果哪一天国难当头，咱们老百姓肯定一马当先。脚下的祖国就是我们安身立命的根本，一旦外敌入侵，我们就会拿起武器，豁出命来保卫自己的祖国，哪怕前面有人倒下，我们也会踏着血迹向前冲锋；哪怕国家已经支离破碎，我们也会用自己的血肉之躯与国家共存亡。因为这是我们唯一的祖国，国破就意味着家亡，我们的命运与国家的兴衰紧紧地捆绑在一起。所以，没有人比老百姓更希望国家好。每次遇上那些聊国家大事的人，我都会对他们肃然起敬。位卑未敢忘忧国，他们才是我们国家最可依靠的民族脊梁。

说话让人爱听的第三种方法就是把事情做最坏的假设，然后把这个结局做最好的解释。什么是最坏的结局？当然是死亡，如果连死都不怕，你还怕什么？

几年前，我的姐夫得了癌症，已经到了晚期，医生给他的最乐观的判断是生存期 3 年。当时姐夫才 59 岁。姐姐接受不了这个现实，我就安慰她说："咱妈已经去世很多年了，如果她能重回人间 24 小时，你高不高兴？"姐姐一下子激动起来，说道："那太好了！"我说："如果咱妈再回来，你打算怎么招待她？"姐姐很认真地说："吃最好的，玩最好的，说好多好多的话。"我又说："现在姐夫在人间的日子可不止 24 小时，而是 1000 多个 24 小时，你能不能把姐夫在世的每一天，当成他死而复生的每一天？"姐姐一下子释然了："谢谢你，我明白该怎么做了。"姐姐放下一切工作开始陪姐夫治病，不请护工，全心全意陪伴姐夫走完了最后 3 年的时光。既然死亡已经迫近，就把所剩时间不多的余生想象成上天让你死而复生的恩赐，心情一定会好很多。对生者来说，即使他经历了很多不幸，能活着也就成了最大的幸运。

真正引人入胜的语言在于明白听者所需，用贴近生活的真实故事与生动比喻使其产生共鸣。无论减肥、学习还是生命的终极议题，要让人们愿意倾听并感受，我们就需要站在他们的角度，剖析欲望与恐惧，鼓励他们以乐观的态度面对困境与挑战。这样的故事与交流不仅能抚慰心灵，也能激发人们追求更美好生活的勇气和信心。

极限和起点

　　什么是极限？电影《哪吒》的导演饺子表示要把每一部作品都当成自己的最后一部作品，不给自己留下任何突破的可能性，这就是极限。凭着这种要做就做到最好的极限精神，《哪吒2》闯进了世界影史票房的前五。那《哪吒3》还能超越已到极限的《哪吒2》吗？饺子导演还表示要先设定自己完不成的目标，然后再拼命完成它。明知不可为而为之，这就是突破极限。让《哪吒3》超越已到极限的《哪吒2》，是饺子给自己设定的下一个看似完不成，但必须要完成的任务。饺子用行动告诉我们，所谓极限，不过是强者的垫脚石，而每一次突破，都是向更高峰攀登的起点。

　　真正的极限，往往关乎自我设限。饺子导演回忆自己高中军训时的经历，他认为自己做俯卧撑的极限是 20 个，但在教练和同学的鼓励下最终竟然做了 50 个。这段经历也提醒所有人，我们常常低估自己，而我们的潜能远超想象。

　　于是，在电影《哪吒2》的创作过程中，饺子导演给自己和团队出了超越极限的难题。百万海妖杀向陈塘关，密密麻麻的海妖绝不允许复制粘贴，必须做到千妖千面，更难的是，一个海妖身上有一根铁链，层层叠叠的铁链要求乱而有序。几十秒的画面，他们做了一年多的时间才完成。敖光的大刀他们改了约 200 次，太虚宫里哪吒撒尿的镜头，一帧画面渲染时长就需要 1.5 小时，一秒 25 帧，一秒钟的镜头渲染时长需要 37.5 小时。不疯魔，不成活。最终，他们做出了 1900 多个达到世界动画一流水准的特效镜头。

为什么要突破极限？动力来自哪里？徐梦桃的故事给了我们答案。从 1998 年到 2018 年的 20 年中，中国女子空中技巧队在 6 届冬奥会上拿了 5 枚银牌，被称为"收银员"。2014 年，徐梦桃出战索契冬奥会，得的就是银牌。

2022 年，北京冬奥会，年过 30 的徐梦桃带伤出战。徐梦桃左膝外侧半月板被切除了 60%，内侧半月板也被切除了 60%。空中技巧项目要求以高达 70 千米的时速，从十几米的高空加速俯冲，落地的冲击力是自身体重的 5~8 倍。徐梦桃的膝盖基本失去了缓冲功能，可以说是两块骨头在硬碰硬，医生早就警告她若再次受伤将造成不可逆的结果，可绝不向命运低头的倔强、不拿金牌誓不罢休的志气，让她突破了身体的极限，更是打破了"收银员"的魔咒。在北京冬奥会上，徐梦桃为中国队实现了中国女子空中技巧项目金牌"零的突破"，并创造了

108.61 的世界最高分。也许这是大家心中认为的人类极限，却不是徐梦桃的人生极限。今年 35 岁一身伤病的她没有选择功成身退，而是参加了今年在哈尔滨举行的亚冬会，且一举夺魁。徐梦桃再次把这次极限挑战当成起点，她计划明年还要为国出征，去米兰第五次参加冬奥会。

饺子和徐梦桃对极限的一次次突破，已经成为我们民族崛起的隐喻。唯有在苦难中坚持，方能浴火重生。徐梦桃来自东北，她的父亲是靠烧烤摊攒出了她的训练费用，在"烟熏火燎"中长大的徐梦桃，背负着家庭的梦想，更肩负着国家的重托；饺子的妈妈也是用自己每月 1000 元的退休金支撑着饺子的梦想，为了省钱，他们娘儿俩吃了三年多的特价菜，饺子是妈妈眼中的未来，更是中国动漫异军突起的希望。当五星红旗升起在世界赛场时，人们惊叹，徐梦桃的纵身一跳，直接从烧烤摊跃上了世界之巅；当《哪吒 2》火爆全球时，人们感慨，一位母亲用退休金塑造了中国动画百亿票房的神话。

没有极限的施压，就没有对极限的突破。当年，我们在世界局势紧张的情况下，研制出两弹一星；今天，我们在大国博弈的背景下，突破极限，让高科技在各个领域全面开花。无人机、机器人、DeepSeek、第六代战斗机等，这么多领域，这么多大国重器，井喷式的科技大突破的背后，是无数不屈的中国人把极限当起点夜以继日、兢兢业业的奋斗，是我们民族不服输、不认命的精神。

极限和起点，本是一体两面。徐梦桃以伤病为勋章，饺子以孤独为养分，他们用行动证明真正的极限，不在外界，而在内心；真正的起点，不在他处，而在突破自我的瞬间。当一个人敢于切断退路、向死而生时，他便拥有了无限的可能——因为每一步绝地求生的跋涉，都是通往星辰大海的起点。鸡蛋从外打破是食物，从内打破是生命。今天，东方破晓，雄鸡引吭，在苦难中奋起的民族，正在把一个个不可能变成可能，在没有最好中创造更好！

永远站在大多数人的立场上，

寻找共鸣。

第十一章

打比方：会讲故事的人最热爱生活

📖 核心观点

擂长使用打比方讲故事的人，往往是最热爱生活的人。

讲故事让人哭不难，只要你动了真情，很容易让人共情。但讲故事让人笑很难，因为它需要智慧，而智慧是一种生活态度。这种态度源于对日常细节的观察、天马行空的想象，以及乐观、幽默的人生态度。

四川攀枝花动物园的胖豹子因为胖一夜成名，被全网征名。其中，我最喜欢的名字叫"爆米花"，因为爆米花最大的特点就是膨胀。在"爆米花"这三个字里，"爆"对应的是"豹子"的"豹"，"花"对应的是"攀枝花"的"花"。也有人管它叫"豹警官"，它的外形和电影《疯狂动物城》里的豹子简直一模一样。有人给它取名为"福报"，即发福的豹子；有人叫它"元宝"，即长圆的豹子。大家都说，从此对"豹饮豹食"有了更形象的认知。胖乎乎的、可爱的动物总能激发人们超乎寻常的想象，起这些形象、生动的名字就是采用了我们最常用的讲故事的方法——打比方。

打好比方的第一种方法是：抓住事物的特点，给人创造强烈的意外感，从而产生极强的语言感染力。山东威海西霞口神雕山野生动物世界也因为把动物养得太胖而出名。孔雀胖了怎么说？最爱美的孔雀被喂成了火鸡，每天不是在等开屏，而是在等开饭。

这样形容孔雀具有较强的反差感，语言会产生强烈的感染力。

打好比方的第二种方法：不是简单地求形似，而是通过联想找到神似的地方，再通过丰沛的情感注入，让人们产生强烈共情。接着以攀枝花动物园的故事为例。

攀枝花动物园的胖豹子出名后，动物园管理方很担心，生怕网友说他们没把动物养好，坚称他们动物园的豹子不胖。他们找的理由特别有意思，一会儿说豹子年纪大了，皮松了，所以显胖；一会儿又说，场地小，豹子活动少，就是不承认他们动物园的伙食好。令人感动的是，攀枝花动物园的门票才2元一张，这把全国网友都暖到了。大家说："估计这2元里的1.99元都给'毛孩子们'加餐了，真是有良心的动物园呀！"

攀枝花动物园对豹子的喂养更像什么？用这么少的钱，却把孩子养得这么好，天下能做到这件事的可能就是隔辈亲的奶奶了。我们把动物园里肥胖的动物比喻成"奶奶养大的孩子"，然后在叙述时注入深厚的情感，让人们产生强烈的共情。请看下面的文字：

> 攀枝花动物园让大家不约而同地想起了将退休金用于养孙子的奶奶，奶奶养的孩子和爹妈养的孩子不一样。每月给奶奶100元，一家三口到奶奶家吃饭，奶奶竟然可以把孙子养得白白胖胖的。有一种饿叫"奶奶觉得你饿"，孩子一身肉，奶奶最自豪。

看到这样的比喻，很多人都会想起自己的奶奶，回想起奶奶一脸慈祥地照顾自己的种种细节，进而会产生强烈的共情。这种打比方的方式，更能打动人心，引发共鸣。

咱们接着举例。攀枝花动物园的黑熊被养得毛发油光水滑的，吃着苹果都能进入梦乡。你会用什么成语来形容它的睡姿呢？很多人会想到"憨态可掬"，而我给出的答案却是："它睡出了五谷丰登的满足，更睡出了国泰民安的骄傲。"由胖联想到"五谷丰登""国泰民安"，虽是意料之外，却又在情理之中。说出这样的话，不仅需要天马行空的想象力，更需要对生活充满热情。乐观积极的生活态度，是发现美好的关键，是感染他人的秘诀。

一边是攀枝花动物园只收 2 元门票钱把动物养得膘肥体壮，一边是很多无良的动物园票价高达 200 元一张，却把动物饿得枯瘦如柴。对于这样的场景，你的大脑中会产生怎样的画面？我看到瘦得皮包骨头的老虎、狮子，不由得想起课本上瘦骨嶙峋的诗人杜甫。如果老虎、狮子会作诗，经历种种苦难的生活后，可能它们也会吟诵出"朱门酒肉臭，路有冻死骨"的诗句。我们打比方，一般都是用一种更形象、生动、简单的事物来形容、类比繁杂的事物，但这种打比方的方法是反向的，用杜甫这样复杂的人物形象来类比较为简单的动物。这样，人物本身包含的精神内核会让简单的事物充满人性的光辉。这就是打好比方的第三种方法：反向类比，用内涵丰富的人或事物赋予被比喻的主体更丰富的感情色彩和精神力量，从而引发人们对人性、人生进行深刻的思考。

北京大学第三医院危重医学科主任医生薄世宁写了一本书，名为《命悬一线，我不放手》。这个故事最让人感动的是医生和患者家属之间的充分信任。

薄大夫在书里讲了这样一个故事：

一位妻子为了救治丈夫，竟然租用了一架飞机。她的丈夫年仅43岁，患有严重的肝硬化，只能来北京做手术进行医治。他们来自一个普通的打工家庭，因病情紧急，只能借了几十万元租了一架飞机。她说："一条命啊，咋能不救，如果不救，怎么给我们的孩子交代，怎么给他父母交代。"她之所以敢下决心，是因为医生的一句话："如果他能活着来，我就一定让他活着走。"最终，医生将他治好了。这位医生太了不起了。

他在书中用《庄子》里的故事，给医患关系做了最生动的解析。

楚国有一个绝世高手，一斧子劈下去可以把同伴鼻子上薄薄的一层灰削掉，而同伴的鼻子毫发不损。宋国国君听说后，想请他来当面展示一次，他拒绝了。为什么要拒绝呢？他说："我的技术没问题，我依然可以毫厘不差，但同伴已死，普天下再难寻觅一个面对我如风的利斧而纹丝不动的人了！"所以，很多时候想要创造奇迹，单一方有绝世技艺是不够的，还需要双方精诚合作、生死相托的信任，技艺与信任缺一不可。

"生死相托的信任"，这句话让我深有感触。薄大夫告诉我，如果我实在不想结婚，也没有特别信任的人，那就相信医生吧，因为医生是所有人中最希望我活下来的那一个。他用了一个特别好的比喻，瞬间让我对医生这个群体充满了信任和尊敬。

"救人时，我感觉自己是背着受伤的人奔跑，背后是凶狠的狼群。我汗流浃背、气喘吁吁，有时候会想，算了，太累了，不跑了，但我不能这么做，生命那么好，患者把命交给我，我怎能不努力？"

把病魔比喻成狼，把医生救人说成背着患者摆脱狼群的追赶，这就是打好比方的第四种方法：角色扮演法。把事物比喻成某个形象，再给它安排一个特定的场景，从而延伸出极其丰富的内涵。

我不仅想教大家打比方的窍门、讲好故事的方法，更希望大家能拥有积极向上、乐观幽默的生活态度。这样，我们眼中的每个事物都会充满情趣，我们度过的每个日子都会充满惊喜。

无言的英雄，永恒的怀念

汶川地震已经过去十几年了，对人类来说，这件事好像是昨天才发生的事，但对一只狗来说，这十几年很可能是它们用一生都无法丈量的时间。

目前，参加汶川地震搜救工作的 67 只搜救犬已经全部离世。它们参加抗震救灾工作时，有的才一岁。一岁的人类刚刚学会爬，一岁的搜救犬却已经出生入死，在废墟中救人了。这些搜救犬是无数遇险者的恩人，很大一部分被埋在废墟里的人都是搜救犬发现的。最后一只离世的搜救犬名叫"冰洁"，它参加地震救援工作时，遍地钢筋瓦砾，四处烟尘弥漫，导致它心肺受损，后腿受伤，无法弯曲。救援工作结束后，它休养了很长一段时间，随后它又服役了 9 年，救了无数人，直到 2017 年正式退休。它在 2021 年离世，享年 14 岁。去世时，它从汶川地震废墟中救出的第一个小女孩已经是大学生了。

媒体在报道冰洁的去世时，评论道："生有灵，危难不惧；死别离，不负深情。南京消防的搜救犬冰洁一生 14 年，留下了不辱使命的传奇故事。""秋凉拂过心头，但冰洁曾给大家带来的温暖与希望更如阳光般炽热。它的一生，用'无言'说出了大爱，用行动诠释了忠诚。亲爱的冰洁，如果你会说话，请告诉我，漫天飘零的梧桐叶，你乘哪一片去了。"

有人用影像记录下了冰洁最后一次去洗澡的情景，当时它走路的步态颤颤巍巍，好像一阵风都能把它吹倒。这次外出洗澡，14岁的冰洁已经老得站不稳了。它选了一个最舒服的姿势，任由美容师摆弄。美容师听了冰洁的事迹后，对它特别温柔。剃了毛，洗了澡，一身轻松的冰洁，走起路来似乎轻快了不少。这次洗澡后不久，冰洁就离开了人世。

银虎、西岭、海啸、沈虎、金雕……我希望大家能记住这67位英雄的名字。它们把生命中最好的10年奉献给了人类。沈虎是2019年去世的，它的雕像落成时，训导员抱着它的雕像泣不成声。

汶川地震搜救犬救人的现场到处都是碎玻璃，这些碎玻璃扎破了它们的脚，甚至扎伤了它们的身体，弄得它们浑身是血。可是它们再疼、再害怕都不会叫，因为它们被训练过，它们知道只有找到幸存者才可以叫。让人痛心的是，救援现场旁就是狗肉店。可能有人会说："我吃的是流浪狗，是土狗，不是搜救犬。"人类把狗分成了三六九等，可是狗对人一视同仁，不管你是谁，不管你是否吃过它的同类，它都会救你。如果有一天濒临死亡，你绝望到崩溃的时候，有一位"天使"从天而降找到你，并声嘶力竭地为你发出求救信号，你还不为它感动吗？

小动物们不会说话，作为救助小动物的志愿者，我想替它们发声。我想呼吁大家，看在狗救过我们无数同类的份上，请善待它们，为它们提供食物、庇护。让我们携手，守护这些"毛孩子"的生命，让世界充满爱与和谐！

把事物比喻成某个形象，

再给它安排一个特定的场景，

从而延伸出极其丰富的内涵。

第十二章

点金术：金句是这样炼成的

📖 核心观点

　　点金术无法可循，只能靠积累，靠天赋，靠对生活洞若观火的感悟。

　　董宇辉火了好几年，仍然光芒四射，其中一个原因就是他源源不断地输出金句。下面就是他的成名金句：

　　当你背单词的时候，阿拉斯加的虎鲸正跃出水面；当你算数学题的时候，南太平洋的海鸥正掠过海岸；当你上晚自习的时候，地球极圈的夜空正五彩斑斓。少年，梦要你亲自实现，世界你要亲自去看，加油！未来可期。所以请你拼尽全力，当你为未来付出踏踏实实的努力的时候，那些遥远的风景和你觉得见不到的人，都终将在你生命里出现。

　　看到这段文字，大家会觉得他的思维极度跳跃，在陕西农村长大的董宇辉，怎么可能把他当年在简陋的农村校舍里背单词、算数学题、上自习课和如此广阔的精彩世界联系到一起呢？其实，这都是因为董宇辉有真实的经历。他大学毕业后去新东方当老师，因为出色的工作成绩，被送到加拿大温哥华学习。一次他在海边散步时，看到浩瀚的太平洋海水冲刷着鹅卵石，突然一头虎鲸从水中跃出，于是他写下了上面的文字送给学生，没想到被发到了网上，一下子就火了。董宇辉不是背着英语单词想起了虎鲸，而是看见虎鲸后才想起了自己当年背单词的样子。如果他没有走出小村庄，也许永远写不出这样的金句。所以，金句的炼成要求你必须拥有广博的见识、丰富的知识，能够把看似不相关的事物关联到一起。这段金句之所以如此打动人，不仅在于金句本身，董宇辉通过个人奋斗取得成功的经历也成了这段金句最好的注解。

炼出金句的第一种方法就是走万里路，增长自己的见识。"落霞与孤鹜齐飞，秋水共长天一色""大漠孤烟直，长河落日圆""日出江花红胜火，春来江水绿如蓝""停车坐爱枫林晚，霜叶红于二月花"……这些都是古人留给我们的金句。如果没有行万里路的经历，他们心中怎么会有无边的锦绣、无尽的才情。我们只有把脑海中的万卷书和脚下的万里路结合起来，才能把纸上的知识变成我们自己的智慧，变成丰富多彩的人生，变成闪闪发光的金句。

"一条大河波浪宽，风吹稻花香两岸。"稻子会开花，你见过吗？小小的稻花是白色的，一株 30 多厘米的稻穗要开二三百朵小花，多漂亮呀！稻花飘香时节，走进田野，一眼望去，全是白色的稻花。你数数稻花，听听蛙声蝉鸣，再回味书中所学："稻花香里说丰年，听取蛙声一片"，才会觉得文中意境的高妙。

中华文明根植于农耕文明，"四体不勤、五谷不分"绝对不是中国读书郎的形象，中国的读书郎应该是什么样的呢？我们是神农的后代，要有"尝百草、救苍生"的胸怀；我们是大禹的传承人，要有人定胜天的信念；我们是愚公的子孙，要有移山不止的决心；我们是孔子的学生，要有"仁者乐山、智者乐水"的智慧；我们是李白的知音，要有"轻舟已过万重山"的潇洒；我们是徐霞客的接班人，要有用双脚丈量祖国山河的气魄。这才是中国新一代读书郎应有的格局。

2022 年北京高考语文的作文题目是"学习今说"，通过对比古人和今人对学习的理解，从学习的目的、价值、内容、方法、途径、评价标准等方面，谈自己的思考，上述的金句正好能用上。如果作文题目是"亲近大自然""实践出真知""纸上得来终觉浅，绝知此事要躬行""知识与常识""书本是死的，知识是活的"等，上面这段金句都适用。

提炼金句的第二种方法是必须积累广博的知识。董宇辉卖地球仪，一次能卖几万个，这得益于他脱口而出的金句。他说的真的是货真价实的金句，字字含金，你看看下面这段他对地球的讲述，其中包含了多个知识点。

你跟其他 800 多万个物种一样，和 70 多亿人一起分享着这片土地……我想穿越时空，看一下 6500 万年前陨石坠落的时候，这些庞大的物种是怎么灭绝的……我想再去看看苏轼当年在想到妻子时是否流泪……我想看看北洋水师的最后一战，那些船上的将士是如何掩面哭泣的……太阳的表面温度 6000℃，靠近它，你就会熔化；但远离它，你就会冻死……学会保持距离的人，就是有智慧的人。很多时候，陪伴孩子的成长、陪伴爱人的生活，都需要距离。太近了，你压抑；太远了，又疏离。你与我之间的距离，就像地球和太阳的距离，彼此不分，又恰到好处。太阳的光照到地球需要 8 分钟，就连太阳光都需要 8 分钟才能到地球，所以你的优秀，你的美好，你的不甘平凡，你的宏图伟略，也需要时间被人看见。你不是不优秀，你只是还没有等到你的时间而已。

有人记录了自己和董宇辉的一段对话。"内卷了，怎么办？"董宇辉回答："读书！读书破万卷。"破万"卷"（juàn），破万"卷"（juǎn），"卷"是多音字，这个回答太妙了！他又问："没钱了，怎么办？""读书呀！书中自有黄金屋。""没对象呢？""还是读书！书中自有颜如玉。""气质不好呢？""当然是读书！腹有诗书气自华。""那个子矮呢？"董宇辉笑着说道："只有读书！万般皆下品，唯有读书高。"董宇辉能长久地被大家喜欢，源于他取之不尽的才华。多位博览群书的大导演、大作家在走进他的直播间后，都会惊叹："你的脑子里装了多少知识？"这些巨量的知识储备就源于，他努力记下的一个个英语单词、用功做过的一道道数学题、认真上过的每一个晚自习。就像我在前文说过的："积累了一千零一夜的故事，你的天方夜谭般的梦想就能成真。"每个人的成功都需要时间的积累，不要急于求成，就像董宇辉说过的："太阳的光照到地球需要 8 分钟，就连太阳光都需要 8 分钟才能到地球，所以你的优秀，你的美好，你的不甘平凡，你的宏图伟略，也需要时间被人看见。"

如果金句提炼的第一种方法是"行万里路"，第二种方法是"读万卷书"，那么第三种方法就是"共万种情"。我们要想尽一切办法，让人出乎意料，让人同频共振，让人拍案叫绝。

现在网络上流行一句话:"不提作业,母慈子孝;一说作业,鸡飞狗跳。"正值教师节,"熊孩子们"刚刚开学,经历了两个月的暑假,想必家长们对老师的辛苦无比感同身受。

平时,老师需要提前到校,看护已经到校的孩子;晚上还要等所有家长把孩子接走才能下班。大部分北方城市的深秋过后,天渐凉,夜渐长,老师们上下班披星戴月,很快就要顶风冒雪了。寒风孤影,身心疲惫,光照顾别人家的孩子了,自家的孩子、老人、爱人谁来照顾?回家后,虽是万般疲惫,但还得继续备课、批改作业。

我不由得想起小时候听过的一首歌:"静静的校园里灯光闪烁,我们的老师还在辛勤地工作,作业本上留下微笑的目光。亲爱的老师,亲爱的老师,你在想什么?"

记得 1985 年第一个教师节,北京师范大学的学生突然举出标语:教师万岁。这句标语让多少老师热泪盈眶。教师是天底下最令人尊重的职业,因为他们创造的"产品"是祖国的未来,是家庭的希望。

我特别喜欢一个名叫钟美美的孩子,他模仿老师特别传神。起初他把我给逗笑了,可是笑着笑着,我哭了,因为他模仿了天下同款的教师,我们都遇到过,这让我想起了我的杜老师、赵老师、王老师。正是在他们鹰一样犀利目光的注视下,身患多动症的我才能规规矩矩地上一堂课；正是他们百发百中的粉笔头，让我改掉了爱做小动作、爱接老师话茬的毛病；正是他们"请家长"的警告，让我的成绩排名从全班二十名追到了全年级第一名。老师曾经是我最怕的人，也是我终身要感谢的那个人。

感谢老师们的严厉，他们的每一次动怒、每一次恨铁不成钢，都是因为他们有责任心，他们为国家、民族负责，为家长负责，为孩子的一生负责。谢谢老师！

金句提炼虽有方法，但掌握起来太难了。最好的方法就是见到金句就背下来，下面我将送给大家一些特别有用的金句。

写《有我　无我》用到的金句：

胡适说："成功不必在我，而功力必不唐捐。"中国核潜艇之父黄旭华说："苦干惊天动地事，甘做隐姓埋名人。"

写《人类命运共同体》用到的金句：

古代丝绸之路之所以能名垂青史，是因为它靠的不是战马和长矛，而是驼队和善意；靠的不是坚船和利炮，而是宝船和友谊。"世界好，中国才好；中国好，世界更好。"

写《人生最好是小满》用到的金句：

小满是谦逊低调；小满是虚心进取；小满是大成若缺。"花未全开月未圆，半山微醉尽余欢。何须多虑盈亏事，终归小满胜万全。"

写《文化传承》用到的金句：

正是因为有了文化的传承，所以我们的民族一直处在巅峰，虽然有偶尔的衰落，但终将复兴！

写《谚语中的中国智慧》用到的金句：

"小不忍则乱大谋"，我们有着民族复兴的伟大理想；"是可忍，孰不可忍"，我们有着中华民族永远不被人欺负的尊严与骄傲；"退一步海阔天空"，我们争取的是 14 亿人共同富裕、和平发展的环境；"不蒸馒头争口气"，我们有着自强不息的冲天志向。古老的谚语，诞生于人间烟火，通俗易懂中透露着做人的经验与智慧，对立矛盾中暗含着辩证统一、事理乾坤。它映射出先辈上下求索的不屈身影，包含着古老民族长盛不衰的生存密码。

文明之弓，当以筋骨为弦

穿越到先秦，士人佩剑而行，六艺之中"射""御"之术与"礼""乐"并重，周代将"射礼"纳入国家典制。孟子曾言："天将降大任于是人也，必先苦其心志，劳其筋骨，饿其体肤。"

今天，我走进下午 4 点半的清华大学，这个时间正是课外锻炼的时间，大多数人都会走出教室、宿舍、图书馆，参加体育锻炼，学校里到处回响着"每天锻炼 1 小时，健康工作 50 年"的口号。

从先秦圣贤的修身之道，到清华校园里奔跑的身影，一个民族的筋骨之力始终与文明进程同频共振。人生也好，人类的文明历史也罢，都像一张巨大的弓，没有强健的筋骨为弦，再闪光的精神之箭也无法穿透时空的迷雾，抵达真理的彼岸。

一组数据拉响了国民健康危机的警报，2018 年我国成人超重率和肥胖率分别为 34.3% 和 16.4%，二者相加高达 50.7%，也就是说，每两位成年人中就有一位"负重"前行。根据 2023 年国家卫健委公布的数据，高中生近视率高达 80.5%。而早前中国科学院心理研究所发布的《中国国民心理

健康发展报告 (2019-2020)》显示，我国青少年抑郁症的检出率接近 25%。今年，卫健委号召全国人民减肥，教育部也印发规定切实保证中小学生每天必须锻炼 1 小时。这让我想起了 90 多年前刘长春的关山万里、单刀赴会，从奥运 0 奖牌的耻辱，到今天奥运狂揽 40 金成为体育强国，中国百年体育强国路走得何其艰辛，一直以来不懈奋斗的中国人，怎么能在民族复兴的路上，让自己的身体掉链子？！

1981 年，中国男排战胜韩国队，获得代表亚洲参加世界杯排球赛的资格，北大学子喊出了"团结起来，振兴中华"的时代强音；东京奥运会百米冲刺，苏炳添以 9 秒 83 的成绩刷新亚洲纪录，他的突破证明黄种人同样可以挑战人体极限；冬奥赛场上，谷爱凌选择挑战从未完成过的高难度动作，将体育精神升华为"超越自我"的生命美学；全红婵入水瞬间激起的涟漪，漾动着中华体育精神的时代新解。"天行健，君子以自强不息。"中华儿女始终将这些筋骨之力的绽放，和国家、民族、人类的崇高理想紧紧相联。个人的肌肉纤维里跃动着民族的生命力，跳跃的青春中映射着国家的未来。

今年，我国"核潜艇之父"黄旭华去世，享年 99 岁，他的长寿让中国核潜艇事业迎来一次又一次的技术突破。黄旭华 62 岁高龄时和 20 多岁的小战士一起参与了我国核潜艇的首次深潜试验，抵达水下极限深度，黄老激动地写下诗句："花甲痴翁，志探龙宫；惊涛骇浪，乐在其中"；"中国肝胆外科之父"吴孟超也活到了 99 岁高龄，年过九旬的他依然坚持每周做 3 台以上的手术，从医 70 余年来，他成功救治了 1.6 万名患者；"杂交水稻之父"袁隆平在 90 岁高龄时还频繁亲自下田，更是领导团队创造了"海水稻"亩产 860 公斤的全国最高单产纪录；武汉疫情，84 岁的钟南山院士挂帅出征，熬过了多少不眠之夜，他的身体状况牵动着全国人民的心，正是钟老一直坚持"锻炼和吃饭、睡觉一样重要"的理念，才能在关键时刻以超人的体力报效国家。这些"国之脊梁"用行动诠释着一个真理：强健的体魄不仅是个人成就的基石，更是肩负民族使命的力量。

武术被列入青年奥林匹克运动会正式比赛项目，太极拳被列入人类非物质文化遗产名录，龙舟作为表演项目亮相东京奥运会，国家的强盛让全世界透过体育这扇窗，看见了五千年文明在新时代迸发的璀璨光芒。

贵州"村超"的绿茵场上，汉族小伙的精准长传和苗族姑娘的芦笙助威合奏成曲，各民族兄弟姐妹如石榴籽般紧密相拥；五万亿产业规模构筑起经济的新引擎，三亿人踏雪飞驰改写"冰雪运动不过山海关"的历史。从耄耋老者在晨光中演绎太极的阴阳之道，到稚童在校园跑道上的欢笑追逐，从公园里的广场舞步，到健身房里的力量训练，共同铸就着民族精神的钢筋铁骨，用汗水与热血编织出一幅动态长卷，以奥林匹克精神为笔，以全民健康为墨，书写出一曲新时代的"盛世赋"。这里既有"更快、更高、更强"的进取精神，更饱含"美美与共"的文明胸襟，二者汇聚成推动国民破浪前行的中国力量。

这就是对"文明其精神，野蛮其体魄"最壮美的当代诠释，一个民族的伟大复兴，终究要靠强健的筋骨拉开历史的长弓，用沸腾的热血点燃文明的火炬，将民族复兴的箭镞射向星辰大海。

每个人的成功都需要时间的积累，

不要急于求成。

第十三章

我是你：设身处地是最好的共情

> 📖 **核心观点**
>
> 　　最高级的创作故事的方法是和主人公一起经历，这样，你也拥有了和故事中人物一样的心路历程。

　　看了电影《热辣滚烫》后，大家关注的是成功瘦身后的贾玲，而我心疼的是所有的胖子。没当过胖子的人，永远不知道胖子的辛酸；没有实现设身处地的共情，不可能把故事讲得感人。

　　设身处地讲好故事的第一种方法就是通过还原生活，用切身感受讲故事，与有相同经历的人共情。

　　有一位博主看了《热辣滚烫》后说，他用了 3 年的时间从226 斤减到 140 斤，并呼吁大家善待自己身边的每一个胖子。别看胖子们总是笑呵呵的，其实他们的内心很自卑。坐地铁时，大家会不自觉地觉得他们一个人占了两个人的位置；他们几乎天天穿宽松的衣服，因为买衣服时尺码受限；他们经历了太多的不公平，但他们仍会时时刻刻为他人着想，因为他们害怕失去。很多胖子都非常珍惜亲情、爱情、友情。

电影《热辣滚烫》结束后，电影院里没有一个人起身，大家都目不转睛地看着贾玲一年间体重的变化，我相信那时大家都在想象着自己的减肥计划。贾玲之所以能把电影拍得如此打动人心，就是因为她胖过，只有胖子才理解胖子。

全片最让人震撼的画面就是贾玲一身肌肉亮相，电影院里很多人看到这一幕忍不住号啕大哭，因为大家都从贾玲的身上看到了一个更好的自己。

设身处地讲好故事的第二种方法就是由点及面，推而广之，让故事引起更广泛的共鸣，产生更大的影响力。

我是一名新闻工作者，我看待减肥问题会由点及面地将其放在一个更广阔、更深的层次上讨论。

眼下不少中国人的体重都超重，咱们一起努力让中国人的平均体重下降 5 千克，让中国人的医保资金因此少支出一些，让每个人都多活 10 年，身轻如燕的中国人奔向好日子的步子会更快！

这不是空洞的大话，而是很多人内心认可的人生目标。哪个超重的人不想减重 5 千克，谁不想少花医疗费，谁不想多活 10 年，这些个体的目标汇在一起就是一个民族奔向美好生活的大目标。

设身处地讲好故事的第三种方法：挖掘细节，剖析人性。

2023 年 12 月 18 日，甘肃省临夏州积石山县发生 6.2 级地震（又称"12·18 积石山地震"）。青海等地也受波及，救援第三天，青海省民和县砂涌受灾现场，消防员挖了 5 个多小时，看到了让人心碎的一幕：泥沙中 3 个大人围成一个圈好像在保护着什么。救援人员用手把泥水刨开，把 3 个大人抬出来，发现他们围着的是用棉被裹成的襁褓，而被子里裹着 2 个孩子。2 个孩子就像睡着了一样。看到这一幕，在场的救援人员都忍不住一边抹着眼泪，一边用手往外捧泥水。在生命的最后时刻，3 个大人用尽全力保护孩子。一家 5 口全部被抬出来后，救援人员全体默哀。此时生命的脆弱和亲情的伟大，无声地冲击着每个人的内心。3 个大人分别是孩子的爷爷、奶奶和姑姑。更让人难受的是，这位姑姑已怀有身孕。我在评论这条新闻时，首先根据新闻中的细节剖析了自己，因为我相信很多人的想法与我一样。

看到这一幕，我首先骂了自己。 从电视上看到青海砂涌受灾现场时，我特别心疼那些冒着严寒救人的消防战士，心想：算了，别救了，这么多的淤泥，温度只有 -16℃，泥浆全结冰了，被埋在下面的人还能活吗？可看到这一幕，我明白了救人的意义，泥浆之下，埋着这么好的一家人，哪怕有百万分之一活着的希望也得救呀！我真想扇自己一耳光。

我们都不在砂涌受灾现场，不知道当灾难来临的那一刹那，被埋在泥浆下的人都在想什么，但我们可以通过细节还原人性深层的东西。

感谢救援人员不懈的努力，为我们揭开了人性最伟大的一面。我想现在最难受的就是两个孩子的爸爸、妈妈，但我想说的是你们有最好的爸爸、妈妈和妹妹！可想而知，老人在生命的最后一刻，一定在想："我的两个孙子一定要活下来，要不我怎么向儿子、儿媳交代！"再看看这个妹妹有多好，她肚子里怀着自己的孩子，却用生命保护着哥嫂的孩子。两个孩子的爸爸、妈妈，我不知道该怎么安慰你们，你们应该还很年轻，未来一定还会有自己的孩子。我还恳请各位，一定要相信亲情，相信人性，别为了一点钱，兄弟姐妹打得头破血流！来人间一趟，我们是来感受人间的爱和快乐的！我从小就不爱看那些讲坏人的故事，尤其是兄弟相害、骨肉相残，学好不容易，学坏很快，所以我尽最大的努力讲爱，讲好人的故事，怕的是大家对人心、人性失去信心。

有网友在网络平台上发文："亲情是什么？亲情是一把结实的伞，为你遮风挡雨；亲情是一件厚厚的棉被，为你抵挡泥沙……"

我们由点及面，从个体的生命上升到对所有生命的关照，从而升华主题。

青海目前还有3人失联，搜救工作一秒都没停，国家真好！不放弃任何一个人，这让每个中国人都感到自豪。中国人的生命太珍贵了！所以那些想结束自己生命的人，你不仅对不起疼爱你的家人，更对不起国家，对不起这么温暖的人间。向所有救援人员致敬，你们冒着严寒寻找素不相识的人，让人性的伟大熠熠生辉。

在少年骨骼里生长的文化基因

我记得我的一个朋友曾说过这样一句话："传统需要被唤醒，而非被保存。"被锁在展柜里的传统文化是死的，只有注入青春和热血，它才能被唤醒，才能"复活"。敦煌莫高窟的飞天壁画在数字舞台绽放华彩，《诗经》的悠远意境被汉服少女通过短视频重新诠释，沉睡千年的青铜器纹样化作年轻人胸前的潮牌图腾……文化基因只有生长在少年的骨骼里，融入青春的热血中，才能让我们五千年的文明生生不息，走向繁荣。

我们需要在交融中树立文化自信。2025 年 3 月，两位中国少年参加了在巴黎举行的世界顶级街舞大赛，这两位少年一位 10 岁，叫宋皓铭，一位 12 岁，叫符隽熙。舞蹈开始，两位少年先行抱拳礼，以示先礼后兵之意，这让我瞬间泪目，他们正是在用全世界都能看得懂的肢体语言，为"文质彬彬，然后君子"的东方哲学做最生动的注解。鼓点骤响，他们忽如醉汉踉跄，忽如侠客跃江，跳起融合了凤凰三点头、太极云手等 26 个传统武术动作的"中国风街舞"。最让大家没想到的是，这些动作中竟然有很多都是两个孩子自己编创的。别人比嘻哈手势，他们亮抱拳礼；别人秀肌肉力量，他们用太极展现刚柔相济。中国翩翩少年用醉拳的飘逸、武侠的豪情，让街舞有了独特的东方风情。他们击败了强劲的对手杀进四强，他们用稚嫩的小手第一时间展开五星红旗，告诉所有人他们来自中国。当少年在街舞中注入中国功夫的气韵时，我们看到的是兼收并蓄的胸襟，看到的是文化自信的底气。盛唐时期，胡旋舞与霓裳羽衣曲共谱华章，今天的少年在街舞中注入武术魂，恰似古人将异域葡萄酿成华夏美酒，让文化在交融中越发醇厚。

我们需要在传承中塑造民族精神。2024 年春节，广东街头的"小狮妹"偶遇了一支专业的舞狮队。舞狮队在等红灯的几十秒里，为路边正在练习的"小狮妹"敲起了锣鼓，"小狮妹"由此完成了一次惊艳全国的表演。绿灯亮了，"小狮妹"低下狮头，用力三甩，以向前辈表达尊重与感谢，这是将千年礼制浓缩为街头数十秒的惊鸿一幕。巴黎街舞先礼后兵，广东街头三甩礼敬，传承的浪漫让人热泪盈眶。

舞狮分南狮和北狮，南狮还有一个特别好听的名字叫醒狮，它由唐代宫廷狮子舞脱胎而来。五代十国之后，随着中原移民的南迁，舞狮文化传入岭南地区。明代时，醒狮在广东出现，历代相传，鼎盛不衰。南狮的原名叫"瑞狮"，"祥瑞"的"瑞"，但这个"瑞"字在广东话里和"睡"谐音，具有民族忧患感的广东人后来就把"瑞狮"改叫"醒狮"了,"醒"在广东话里有机警、灵活、醒目的含义,更有唤醒国民和振奋民族精神的力量。2006年,广东醒狮入选首批国家级非物质文化遗产名录。

中国人和狮子有相同的地方,那就是群居而且团结。中国人的团结,靠的是强大的文化凝聚力。每到民族生死存亡的关键时刻,文化传承会立即凝聚成一股不屈不挠、勇往直前、不达目的绝不罢休的韧劲。

当少年们用街舞演绎"先礼后兵"时,他们展现的是张骞凿空西域时"和而不同"的智慧;当"小狮妹"在街头舞动狮头时,她展示的是东方醒狮让世界震颤的力量。"为天地立心,为生民立命,为往圣继绝学,为万世开太平。"北宋张载"为往圣继绝学"的箴言,在当代少年身上获得了全新诠释。当文化基因真正融入少年的骨骼时,他们就会产生一种永远向上的力量,正是这种力量,让我们的民族始终前进,不断突破!

第十四章

有血肉：故事是由细节构成的

> 📖 **核心观点**
>
> 　一个好故事必须有细节，一个细节胜过千言万语。

　　12·18 积石山地震造成甘肃、青海两省 77.23 万人不同程度受灾，如何表现甘肃、青海地震救援速度之快？下面的文字描绘了一个个细节。

　　地震发生 24 小时后，安置点井然有序，水电正常供应，顿顿有热饭、热菜，手机有了信号，更重要的是灾民的脸上有了笑容。地震后仅 20 分钟，甘肃就启动了应急救援工作；37 分钟，兰州、白银、武威的消防救援队就集合出发，各方汇集的应急物资被发出，省委书记、省长也迅速赶往灾区；地震发生 1 小时后，就有人被救援人员救了出来；震后 3 小时内，医疗工作者、工程人员到齐，大批的建筑物资、防寒物资被火速运往灾区；震后 3 小时 11 分钟，临时安置区搭建，帐篷、煤炉等设施到位；早晨6点，受灾群众领到了早餐（鸡蛋、牛奶、馍馍），中午就吃上了热腾腾的牛肉面。不要忘了，地震发生在凌晨，绝大多数人都在睡梦中，但一瞬间一个国家就聚集起这么大的力量，这叫什么？这叫战时动员能力，一种让我们的所有敌人闻风丧胆的能力。一旦有战事，14亿人闻令而动，官方救援力量迅速集结，每个普通人都在竭尽全力进行救援。有人连夜带着几百床棉被赶往灾区，有人让躲避地震的孩子到自己的车内取暖，有人连夜做了5000张饼，有人一天煮了2000多斤饺子，一个面馆小老板带着1000斤牛肉和50袋面迅速赶往灾区。你们不过是一个个普通人，怎么一念之间就变成了英雄，无数人都在努力发出一点点光和热，温暖着灾区 −16℃的冬夜。记者在灾区采访时，一位老汉笑呵呵地说："我家房子塌了。"没有半点担心的样子，他有这么好的同胞、这么强大的祖国，真没什么好怕的。

所谓细节要细到什么程度？这段文字给出了标准。描述规模如此巨大的救灾场面，就像拍电影，不仅要给大全景，更要有特写，即细节。

灾后重建是从搭建帐篷开始的，搭建帐篷是大景，那么什么是细节呢？细节就是煤炉，因为地震发生在冬天，这么迅速的救援，竟然没有忘记带煤炉。一个关于煤炉的细节把救援的快速有序表达得非常到位。早晨 6 点，受灾群众领到了早餐，这是在讲事，而"鸡蛋、牛奶、馍馍"就是细节。这样，到了中午，"热腾腾的牛肉面"就是细节，救援的升级速度之快，一下子就体现出来了。

细节让我们的脑海里浮现出生动的画面。通过细节，我们仿佛看到了孩子们的笑脸，听到了他们的笑声，此时救灾成效从物质层面升级到精神层面。家里的房子塌了，面对这么悲伤的事，一位老汉竟然可以笑呵呵地讲出来，对今后的生活全无后顾之忧。在这么短的时间内，救灾成效显著，令人叹为观止。这就是用细节讲好故事的第一种方法：通过细节表现事情的递进性。从大面到具体、从物质到内心，通过描述灾民从生活层面到内心世界的变化，一步步、一层层，生动地体现了中国救灾能力的强大。

1998 年，我去泰国曼谷报道亚运会，中国一共获得 129 枚金牌，如何体现中国获得金牌之多呢？我发现了一个特别有意思的细节：亚运村里很多外国观众、运动员和志愿者都会唱中国国歌。他们是怎么学会唱中国国歌的呢？因为中国队获得的金牌太多了，经常一个赛场一天奏响五六次中国国歌，大家能学不会吗？这就是用细节讲好故事的第二种方法：善于发现最具表现力的细节，分析得出意想不到的结论。

在 2024 年巴黎奥运会上，全红婵获得金牌后，穿过人海奔向陈芋汐，与她紧紧地拥抱在一起。要讲好这个故事，我们就要从中寻找细节，塑造有血有肉的人物形象。正常的表达应该是输了的陈芋汐会哭泣，赢了的全红婵应该笑，但我们看到的却是陈芋汐对着镜头笑，全红婵望着陈芋汐发呆。这就是对于细节的挖掘。

一个输了不敢哭，一个赢了不想笑。全红婵想赢全世界，唯独不想赢陈芋汐。

"输"和"赢"形成反差，"不敢哭"和"不想笑"形成反差，"想赢全世界"和"唯独不想赢陈芋汐"又形成强烈的反差。这种设身处地为人着想的善良，让人产生了强烈的共鸣，让人落泪，让人感动。

当被问到你们是单人比赛项目压力大还是双人比赛项目压力大时，全红婵回答："单人，因为双人比赛有陈芋汐陪着我。"陈芋汐的回答是："双人比赛压力大，因为单人比赛有全红婵托底。"在她们心中，一定要确保这两块金牌必须由中国队拿到。

这姐妹俩并没有为了友谊而放弃对夺冠的渴望。全红婵之所以获得金牌不开心，还有一个重要原因就是她觉得自己没有把每一跳都跳得极其完美。陈芋汐曾说遇见全红婵是她的幸运，没有全红婵，她的职业生涯不可能达到现在这么高的水平。多么了不起的相互成就，她们在竞争中不断强大，才让跳水项目成了在中国人看来最激动人心的比赛。

通过这些细节讨论全红婵和陈芋汐的友谊，表现我们的运动员既有普通人的情感，又有胸怀祖国的信念。这样有血有肉的真挚情感，让人无法割舍、无法忘怀，让人信服。这就是用细节讲好故事的更高境界，用细节表达思想、表达情感。

细节之所以容易被忽视，主要是很多人不会通过细节分析得出其中蕴含的深意。下面我就教大家通过细节看内涵的方法。

最近几年，出现了很多火爆全国的网红企业和城市，如河南许昌的胖东来超市、山东的淄博。探究它们火爆的原因，我发现它们其实全靠一个个细节打动了全国人民。下面我将列举一些它们感动中国的细节，并结合这些细节教大家通过细节得出意想不到的结论的方法。

先说胖东来超市：

部分货品标注进价，谁敢？称海鲜前电子秤上去皮归零，先把包装袋的重量扣了；购物车上给老人配放大镜和板凳；冷冻食品怕消费者拿取时冻手，配专用手套，并且冰鲜食品支持自助取冰以保鲜。

不难得出以下结论：

这样的服务放在哪儿都是顶尖的，中国企业是世界的标杆！

中国服务也是中国制造的一部分，这样就把胖东来超市的服务提高到中国标准的高度。

再看下面的细节：

在胖东来超市，如果你不小心打坏了东西，店员会马上向你道歉，说货品没摆对地方；有一位爸爸在结账时，孩子因没拿好蛋糕而掉在了地上，因为是孩子的错，这位爸爸要把掉在地上的蛋糕买走，但胖东来的员工非要给他换新的；有人买了手机，半个月后收到胖东来超市的 200 元退款，因为手机降价了；国际金价暴跌，在胖东来超市购买黄金的顾客来退差价，队伍排了几十米，胖东来超市二话不说，全退；在胖东来超市买的衣服可以享受免费干洗、熨烫、修补等服务。

面对这些细节，你会有什么想法呢？我的第一反应是：胖东来超市的经营者太善良了，这不就给那些想占便宜的人开了太多的口子吗？结果怎样呢？

恰恰相反，因为胖东来超市经营者的善良，通情达理的人越来越多。许昌人都说，他们大件小件都来胖东来超市买，就是想让胖东来超市多挣点钱。有网友说："我妈说，胖东来超市开不到的地方都算远嫁。"

因为胖东来超市经营者的善良，通情达理的人越来越多，这个结论既在意料之外，又在情理之中；既称赞了胖东来，又肯定了善良淳朴的老百姓，把主题上升到了探索人性的高度。

新冠疫情期间，胖东来给外卖小哥提供餐食，开始是牛奶、香肠、面包，一看天冷了，又换成了热饭、热菜。关键是菜里的肉很多，以便给这些拼体力的外卖小哥增加战斗力。新冠疫情期间，胖东来里的部分菜，不加价，全部以成本价出售。

总结上面这些细节，我们不难看出，胖东来超市与国同命运、与民共甘苦，这种企业会有什么样的结果呢？下面的分析就上升到了国家和人民的高度。

1995 年，胖东来超市的老板于东来借钱开了一家烟酒小店。1996 年，美国航母开进了我国的台湾海峡，创业期的于东来三兄弟凑齐了两万元，开着货车跑到北京向中国航天基金总部捐款造航母。两万元对于造航母可谓九牛一毛，但对于东来来说却是倾其所有。2003 年"非典疫情"暴发，于东来捐了 800 多万元；汶川地震，他捐了 1000 万元；2020 年新冠疫情，他捐了 5000 万元。他的慈善事业越做越大。

对细节的分析越来越深入，格局、站位就会越来越高，你再试试从下面的细节中能得出什么出人意料的结论？

有一次突然下大雨，有一位坐轮椅的大爷路过胖东来超市，五六个员工就往雨里跑，自己淋透了，却给轮椅上的大爷打伞。凡是下雨天，胖东来超市都会给顾客提供免费的雨衣。雨停了，顾客去骑电动车，却发现，自己的车早用雨布盖好了。

如何分析上面这两个细节？这里给你一个提示，这两个故事有一个共同点——都提到了交通工具，一个是坐轮椅，另一个是骑电动车。这说明什么？

一个是坐轮椅的，另一个是骑电动车的，他们都是普通老百姓，生活中也许没受过什么优待，胖东来却想方设法让他们高兴。胖东来是咱们社会主义的胖东来，是人民群众的胖东来。

看到了吧，我们将对细节的解读提升了高度。

有的企业家说，"对年轻人来说，实行996工作制是福报"，你看看人家胖东来是怎么做的：每周二闭店一天，既是强迫员工休息，又是要给其他商超留一条活路。企业把80%以上的利润全部分给员工，员工婚丧嫁娶要采购的所有烟酒糖茶，企业都会给安排妥当。面试者来胖东来面试工作，面试失败还会得到200元的路费。这样的企业，员工能不为它努力工作吗？员工做得比员工手册上的更好。

接下来，对细节的分析又上升到了治国平天下的高度。

得人心者得天下，经商也好，治理天下也罢，都是这个道理。胖东来是一个超市，淄博是一座城，它们都给自身能辐射到的老百姓带来了快乐和幸福。接下来，我希望有更多的效仿者，让普天下的劳动者都能有尊严地幸福生活！

下面，我附上讲述淄博的一篇文章——《淄博的终点是大同》。大家看看我是怎样通过对细节的分析，让淄博现象上升到民族文化复兴高度的。

淄博的终点是大同

2000多年前的春秋时期，齐国的治国能臣管仲提出了："仓廪实而知礼节，衣食足而知荣辱。"齐国在齐桓公和管仲的治理下，民富国强，知礼守善，而当年齐国的都城就是今天的淄博。大火的淄博也点燃了民族复兴的熊熊烈火。改革开放看深圳，率先致富看江浙，文化复兴看山东，文化复兴，淄博只是开始。

"仓廪实而知礼节"，已经衣食无忧的淄博人把中国人亲仁崇礼的传统提高到了怎样的高度呢？小伙子被头发花白的阿姨让座；担心游客排队等烧烤的时间太长而饿着，阿姨送来了包子；怕天热热坏游客，大叔送来了雪糕；游客赶火车行李拿不出来，出租车司机比游客还急，直接切割后备厢；游客吃完烧烤去开车，不知道谁送的礼物，静静地待在风窗玻璃上。被感动的游客留言：这不是来旅游，更像是回家。"宾至如归"出自2000多年前的《左传·襄公三十一年》，淄博人让它变成了现实。今天的山东人说"好客山东欢迎您"，而2000多年前的山东人孔子说："有朋自远方来，不亦乐乎！"

外地车主追尾了淄博车主，淄博车主一边说着没事，一边询问对方："有地方住吗？没地方住，就住我家。"萍水相逢，却毫无防备之心，把陌生人往家里带，人与人之间的信任达到了怎样的高度？孩子丢了，淄博人帮你送回来；包包不见了，淄博人踏遍全城也要帮你找；手机放在桌上人去玩，不用担心被偷……先贤梦想中的理想社会——大同世界真实地出现于淄博。

打假博主突袭 10 家店，没有一家缺斤短两；五一别人涨价，淄博降价，把四星级酒店改成青年旅店，每晚只收 79 元。货真价实，童叟无欺，"人无信不立"，淄博做出了榜样。

有一对老夫妇，以前总是吵架，现在不吵了，因为怕外人听见，给家乡抹黑；大爷大妈穿上红马甲出门捡垃圾；清洁工阿姨把马路当家里的地来扫；交警怕游客等红灯无聊，站在路口打快板。这是一场全民自发的行动，环卫工人、公交司机、外卖小哥、公安民警，人人都在为家乡的荣誉默默付出，这就是乡土中国最美的样子。淄博人把中国人的乡土情怀，升华成了"心往一处想，劲往一处使"的精气神。

淄博爆火后，市政府快速开通了 21 条市内烧烤专线，又想方设法在牵一发而动全身的中国高铁网加进烧烤专列。淄博人太厉害了，一天修一条路，三天修一座停车场，20 天建起一座烧烤城，淄博速度让我们看到了政府的高效。"一枝一叶总关情"是中国好官的责任感，"政通人和"是"为官一任、造福一方"

故事写作
经典范文

手把手教你写出打动人心的故事

王阳◎著

目 录
CONTENTS

创新：燕雀插上了超越鸿鹄的翅膀

构建创新思维我们可从对一只小燕子的重新认识开始。

"燕雀安知鸿鹄之志哉"，这是司马迁《史记》里的一句名言。意思是，燕子和麻雀怎么能理解天鹅志在千里的志向呢？这是一句经典语录、课本里的话，谁会怀疑？但生物学的知识却告诉我们，一只小小的燕子却有着天鹅无法企及的非凡和伟大。定位追踪技术证明，北京雨燕绝非等闲之辈，每年 4—7 月，它们住进紫禁城，在皇帝的脑袋上拉屎，在金色琉璃瓦下生儿育女。随后，它们会一鼓作气，飞越出一道跨越亚非两大洲 30 多个国家和地区的"世界级弧线"，到达遥远的非洲南部，往返的飞行距离长达 38000 公里，而天鹅的迁徙距离来回不过 20000 公里。从飞行速度上看，雨燕最高的飞行速度可达每小时 190 公里，是天鹅的 2 倍。转年的 2—4 月，雨燕们又原路返回。很难想象，平均寿命只有 5 岁半的北京雨燕，一生飞行的距离能达到 20 多万公里。这就是体重仅有 40 克，还不到一两重的北京雨燕所创造的生命奇迹。它们凭借着自身的智慧，精心策划迁徙路线，靠着过硬的恒心和毅力，心无杂念，攻坚克难，最终完成使命。对语文知识和生物知识的综合，让我们有勇气挑战古人的经典，这何尝不是一种创新。

物理课上我们知道了牛顿，历史课上我们知道了荀子，你能总结出牛顿和荀子的关系吗？牛顿提出的第三定律可以解释《荀子》中的"以卵击石"，这种对已学知识的综合当然是创新。你知道鼓鼓囊囊的薯片包装袋中充的是什么气体吗？是氮气。化学老师告诉我们，氮气是无色、无味、无毒的惰性气体，化学性质非常稳定，作文课上，我们把氮气比喻成性格孤僻的孩子，这不是创新又是什么？化学课上，我们了解了催化剂的常识，而作家周国平却说："痛苦是性格的催化剂，使强者更强，弱者更弱。"通过分析，我们可以得出一个哲学结论——痛苦作为催化剂，可以使人变得强大，但对于不想改变的人，无论什么都能为力。这种对已有知识的综合不算创新吗？

我看书时了解到这样一个故事，1885年1月15日，美国人威尔逊拍下了第一张雪花的照片，他一生给雪花拍了5000多张照片，每一片美丽的雪花都是对称的六边形，但却没有两片完全相同的雪花。我们后来学化学，知道了雪花结晶的原理。在北京的冬奥会开幕式上，导演把这些知识化成无数片晶莹的雪花，以"世界上没有两片完全相同的雪花"为主题，表达出了"各美其美、美人之美、美美与共"的和谐美好寓意。这不正是对已学知识最好的创新吗？

　　不要小看每一只小燕子的非凡，就像我们不能忽视每一个貌似普通的知识点所蕴藏的巨大能量，创新靠的是对已有知识的融会贯通，靠的是我们对普通常识的非凡想象。小燕子貌似赢弱，但它能够拥有比天鹅更广阔的天空。创新即使微小，也是我们飞向星辰大海的翅膀。

📖 写作方向

- 书本是死的，知识是活的

- 实践出真知

- 创新思维的培养

- 每一朵雪花都有个性

- 尊重每一个貌似弱小的生命

- 平凡中的伟大

- 更广阔的天空

- 有力的翅膀

当国歌响起的时候

　　无论在哪，不管什么时候，只要听到国歌，每一个中国人都会情不自禁地挺直腰板，都会不由自主地站起来跟唱："起来，不愿做奴隶的人们"。"中华民族到了最危险的时候"，唤醒的是我们血脉中的忧患意识；"我们万众一心，冒着敌人的炮火，前进"，激荡起的是我们每一个中华儿女民族复兴的斗志。这首诞生于抗日烟火中的歌曲，让民族危亡的警钟之声始终在历史长空回响。2025 年是中国人民抗日战争胜利 80 周年，面对国旗，唱响国歌，我们越发懂得——读书，不仅是对知识的求索，更是将个人命运熔铸于民族复兴洪流的庄严使命。

　　中国力学之父钱伟长当初考大学，物理只考了 5 分，但他却凭着国文和历史两科满分的成绩被清华大学破格录取。可入校后的第二天，就爆发了九·一八事变，钱伟长义愤填膺："如果中国也有飞机大炮，日本就不敢欺负我们。"于是，他决定转学物理，为抗日救国造飞机大炮。他 26 岁时系统转向力学研究，44 岁时自学俄语，59 岁时转向电池和稀土研究。他说："我没有专业，国家的需要就是我的专业。"中国核潜艇之父黄旭华的父母都是医生，他的理想本也是当一名治病救人的医生。可在他小学毕业那年，卢沟桥的枪声让他改变了志向，他决定学习船舶工程，增强中国海军实力。后来，黄旭华接受了为国造重器的任务，他提到列宁曾说："如果党同人民需要，我可以一次性把血流光。"黄老也表示自己这辈子要为核潜艇鞠躬尽瘁，默默无闻地干一辈子。他说："隐姓埋名，还不是让我把血流光，所以，不在话下。"核潜艇是捍卫国家核心利益的撒手锏，只要还有一条核潜艇，就足以给敌方毁灭性的反击。他隐姓埋名，从家人中"消失"了 30 多年，为国铸剑，用血肉筑起保卫新中国的"钢铁长城"。

真正的学问不在象牙之塔里，而在祖国需要的战场之上。2019 年，美国将华为列入"实体清单"，切断其芯片供应和谷歌服务。当科技霸权企图锁住东方巨龙的咽喉时，当面对极限施压时，华为启动"备胎计划"，投入巨额研发，推动鸿蒙系统和国产芯片替代。2023 年，华为 Mate 60 Pro 搭载自研麒麟 9000S 芯片回归，这标志着中国在高端芯片领域取得重大突破。华为人用自己的"中国芯"彻底取代了进口芯片，石破天惊、王者归来，像极了在炼丹炉里被锤炼了七七四十九天的孙大圣，踏天门，碎凌霄。使我磨难者必使我强大，科技勇士们始终在冒着敌人的炮火奋勇前进。

国歌激昂的旋律穿透时空——从卢沟桥的残月，到光刻机的微光；从狼烟四起的太行，到华为实验室里的灯光；从空战中撞向敌机的不问西东，到第六代战斗机的凌空翱翔；从西南联大师生穿越三千里烽烟保留文化火种，到中国神舟飞船的太空远航；从戈壁滩上打破"核讹诈"的蘑菇云，到东风导弹万里之外的一声巨响……都是对国歌中"起来"这声呐喊的庄严回响。

从狼牙山五壮士纵身一跃的气贯长虹，到中国人把五星红旗勇敢地插上珠峰；从八女投江的悲壮，到中国女排重扣的掷地有声；从《黄河大合唱》的波涛奔涌，到全红婵奥运赛场上水花的波澜不惊；从长城保卫战的刺刀见红，到科技保卫战的奋勇冲锋……都是对国歌中"前进"这声号角的坚定回应。

当国歌的旋律再次响起时，我们听见的不仅是历史的回响，更是未来的召唤。十年磨一剑，仗剑度云河。受命于祖国的重托，以梦为马，执笔为戈，青松意志和钢铁骨骼中生长出民族大义和不屈的品格。鲜衣怒马少年时，不负韶华行且知。为中华之崛起，熬它三更灯火，壮我万里山河。

📖 写作方向

- 从"站起来"到"强起来"：论忧患意识的现代转型

- 让个人命运与国歌共鸣

- 熬三更灯火，壮万里山河

- 从"卡脖子"到"掰手腕"——大国博弈中的青年担当

- 让科技创新与国歌旋律同频共振

青春，不负众望

从孔子"后生可畏"的殷殷期许，到张载"为生民立命"的谆谆嘱托，从梁启超"少年强则国强"的家国厚望，到毛公"希望就寄托在你们身上"的强国使命，每一代人的青春都被寄予众望，每一代人的青春都是对前人期待的庄严回应，更是对后来者一言九鼎的承诺。当我们坐在考场上的时候，先辈已将民族复兴的重担放在了我们的肩上。

在中美对决的关键时刻，清华博士庞众望发出了坚定的声音。他说："面对科技封锁、关税问题频现，我们这一代人的时代使命就是科研报国，科技只有掌握在自己手里才叫科技，掌握在别人手中，很多时候就可能成为一种威胁。"这个仅比我大8岁的哥哥已经有了战略家的高度。8年前，他和我一样大的时候，清华大学校长来到他的家中看望，人们这才发现这个全省的理科状元，是靠卖废品读书的。他的妈妈先天残疾，只能坐轮椅，父亲患有重度精神分裂症，他本人也在 6 岁时被查出患先天性心脏病。他的妈妈请人推着轮椅挨家挨户去求助，才凑够了他的手术费。小众望靠捡废品支撑着这个风雨飘摇的家，小小的骨架散发着通透和自信，他在自己的日记里写道："既然苦难选择了你，那就把背影留给苦难，把笑容交给阳光。"妈妈在他上大三的时候去世，她给儿子留下了"不负众望"的名字，更留下了"不负众生"的使命。庞众望把未尽的孝转化成无限的忠。

目前，庞众望是清华大学精密仪器专业的博士。仪器是科学家观察世界本质的眼睛，关乎科研命脉，但中国高端科学仪器长期依赖进口，部分品类受西方垄断，是"卡脖子"的难题之一。庞众望就像他的名字一样不负众望，为中国科技薄弱的环节提供支撑。26 岁的他手握 3 项发明专利，他发明的 0.001 毫米形变监测系统，让高铁铁轨、桥梁的毫米级隐患无所遁形；他的皮秒级信号传输技术，决定着 6G 时代我们的国际话语权；他把光刻机光源稳定性提高了近三倍，使其接近世界上最先进的荷兰技术水平。这三项专利的市场估值超过 200 亿人民币。他在演讲中提到"科研报国"，他是这么说的，也是这么做的，而且还做到了。在百年变局的惊涛中，青年人的使命，不仅是用自主创新撕开科技封锁的天幕，更要将自强不息的精神写入我们的民族基因，唯有不负众望的青春，才能托举起一个民族跨向星辰大海的征程。

百年风云激荡，青春的定义始终在变，但担当的底色从未褪去。从西南联大师生徒步三千里的文化长征，到戈壁滩上"两弹一星"元勋的青春白发，从体育健儿发出"振兴中华"的时代呐喊，到今日"庞众望们"实验室里的彻夜灯火，中国青年始终在用行动诠释——所谓"不负众望"，既是对父母期盼的回应，更是对民族嘱托的担当。一代代年轻人，用行动诠释了什么是最壮美的样子，那就是把个人理想织入国家发展的经纬，把个人的命运熔铸于民族复兴的洪流。这便是对"青春，不负众望"最深刻的诠释。因为真正的青春，从来不是孤芳自赏的独舞，而是和时代和鸣的交响。

📖 写作方向

一、青年精神与责任担当

- 青春当与家国同频共振

- 负重前行，方显青春本色

- 青春可以负重前行

二、逆境成长

- 苦难是青春的另一种馈赠

- 将背影留给苦难，把笑容交给阳光

- 于裂缝中扎根，向阳光处生长

三、科技自主创新与强国使命

- 科技自立：一场没有退路的远征

- 在"卡脖子"处，书写中国答案

- 青春中国的加速度

四、历史传承与时代使命

- 从"后生可畏"到"强国有我"

托 举

电影里的哪吒是 3 岁小儿，而托举起他的却是 5000 年厚重的中国文化。就像导演饺子说的："中国传统文化是我们动画创作的巨大宝库。"

是谁托举起哪吒的形象？哪吒的面部造型借鉴了京剧脸谱，张飞、鲁智深、雷震子、项羽、二郎神等的脸谱都有黑眼圈；哪吒飘散飞扬的发型，效仿的是永乐宫壁画里天王的造型。电影里的两个结界兽，粗眉大眼、蒜头鼻，原型是大名鼎鼎的三星堆金面青铜人；东海龙王敖光用的兵器，和侠肝义胆的关老爷同款——青龙偃月刀；哪吒娘殷夫人用的是青铜剑，造型来自咱们的国宝越王勾践剑。电影里的最美建筑玉虚宫仙气飘飘，仙鹤飞舞，有两只还停驻在宫殿的鸱吻上，创作灵感来自宋徽宗的传世名作《瑞鹤图》。为什么电影里的形象如此美妙绝伦？原来是一件件不朽的国宝，贡献了历经岁月考验的中国审美。

侗族大歌、蒙古族呼麦等这些听得见的非遗都出现在了电影里。10位来自贵州的侗族姑娘，用有2500多年历史的非遗之声——侗族大歌给电影注入了灵魂，展现了哪吒重塑肉身、宝莲盛开的奇迹；天元鼎被放进东海，蒙古族的呼麦给故事制造出了极具压迫感的氛围。侗族大歌和呼麦喉音共振，使山野的灵秀和草原的苍茫尽现，形成了穿越时空而来的中国神话神秘之音。

托举起电影里灵魂的是古老的中国智慧，哪吒和敖丙，一个是魔丸，一个是灵珠；一个张扬，一个沉稳；一个属火，一个属水。两个看似水火不容的人，却成为了最好的朋友，合力拯救各自家族的命运。阴阳平衡、万物相生、和谐共处，这不就是"美美与共""和而不同"的中华智慧吗？

5年前，导演饺子特意找了国际最知名的特效公司，可这些外国人怎么能理解这么高深的中国文化，无奈之下很多特效被要求推翻重做。就在这时，国内动画行业向他们伸出了援手。中国人的动漫中国人自己做，同行献出才华，各民族献出声音，古老的文化献出智慧，我万里江山甘当模特，我中华万千国宝启发灵感，就像电影里龙族把自己最坚硬的龙鳞全献出来，终于做成了万龙甲一样，电影《哪吒》终于呈现出美轮美奂的中国神话世界。

电影最后，出现了孙悟空的金箍棒，和哪吒的反抗精神相互托举。前不久，游戏《黑神话：悟空》全球爆火。哪吒脚踏风火轮，孙悟空手持金箍棒，小哥俩儿肩并肩一起冲出国门，站在世界文化传播的制高点，向全人类宣告："中国人来了！"

哪吒的票房超越了《长津湖》，《长津湖》官方晒出了庆祝海报，那是长津湖的前辈们在托举着哪吒，是两个时空的英雄完成了使命的交接。《长津湖》中的冰雕连以血肉之躯对抗钢铁洪流，哪吒骨肉撕裂、以死抗命，共同诠释中华民族的抗争精神。我们仿佛听到了前辈们无声的嘱托："我们来，拯救世界。你们来，改变世界！"如今的《哪吒》已经"登陆"了长津湖的前辈们没有到过的美利坚，在纽约时代广场的巨幕上，哪吒发出了中国人的呐喊："我命由我不由天！"

150 多亿的票房，来自亿万国人的托举，让小哪吒闯进了世界影史票房的前五。这不仅让中国的电影有对话世界的机会，更托举起一代中国年轻人勇往直前的勇气和自信，就像电影里说的："因为我们都太年轻，不知天高地厚。""若前方无路，我便踏出一条路；若天地不容，我就扭转这乾坤。"

📖 写作方向

- 青铜密码的当代转译
- 非遗之声的时空共振
- 万龙甲中的集体主义
- 世界文化话语权的争夺战
- 金箍棒与风火轮的并轨
- 冰雕连与魔童的跨时空对话

祖国的语言，文化的自信

中文是联合国六种官方语言之一，2010 年联合国根据中国的建议，把二十四节气当中的"谷雨"之日定为联合国中文日。这是中华文明穿越五千年的风雨，向世界发出的自信宣言。中文是世界文明之光。联合国中文日为什么要定在谷雨这一天呢？"昔仓颉作书，天粟雨，鬼夜哭"，传说汉字被仓颉造出的那一天，上天感动得下了一场谷子雨，鬼神因人类掌握知识而哭泣，这一神话后来与农耕社会的"谷雨"节气结合，形成了"谷雨祭仓颉"的习俗。联合国中文日定在谷雨这一天，也是为了纪念"中华文字始祖"仓颉造字的贡献。

中文是世界上最美的语言之一。有人这样形容中文之美：形美如画，音美如歌，意美如诗。对比英文，中文有量词。如果没有量词，我们看船就是船，但有了量词，范仲淹看到的是："君看一叶舟，出没风波里。"没有量词，我们看雨就是雨，但有了量词，我们看到的可能是"一帘疏雨"，可能是"一庭春雨"，也可能是"一蓑烟雨任平生"。没有量词，我们流泪就是流泪，但有了量词，泪不仅是一滴，不仅是一串，情到深处，还可以是《红楼梦》里的"满纸荒唐言，一把辛酸泪"。没有量词，我们看山是山，看水是水，有了量词，我们听到的是"两岸猿声啼不住"，我们看到的是"轻舟已过万重山"。没有量词，我们看到的红是红，绿是绿，有了量词，我们看到的可以是"一点绿"，是"一抹绿"，是"一簇绿"，是"一片绿"，是"一捧绿"，是"一枝绿"，只要换一个字，就是一片新的天地。一尊佛，"尊"字里饱含的是尊敬；一腔热血，"腔"字里满含激荡的热血；一局棋，"局"字里展现的是棋盘上的整个世界。

中文是中国人的化身。中国人学中文，是在学做人，横平竖直，字如其人；中国人学中文，是在修心，颜筋柳骨，中正平和；中国人学中文，是在悟道，止戈为武，天下太平。

中文是中国人的独特智慧。"电视""电影""电磁""电波"，哪怕只是一个幼儿园的小朋友，都能明白，这些词都和"电"有关，而在英语里，这就是四个毫不相关的词。当西方学者发现"危机"这个中文词汇的意思包含危险和机遇两个层面时，他们惊呼，原来中国人用两个字就讲透了辩证法。

中文是中国人的自信。在不久的将来，中国的空间站很可能会成为唯一在轨运行的空间站。开放的中国向世界开放了我们的空间站，但各国的航天员在进入中国空间站之前，必须要学习基础中文，因为仪器都是中国制造，上面标注的都是中文。北京冬奥会开幕式，各国代表团入场顺序也不再按英文字母排序，首次采用按汉字笔画排序。

汉字既是刻在龟甲上的古老记忆，也是写在芯片上的未来代码。这或许就是"书同文"的终极启示：真正的文明从不需要画地为牢，它的疆域永远向着星辰大海延伸。

📖 写作方向

- 仓颉造字给世界带来文明之光

- 一字一世界：解码汉字之美

- 从龟甲到芯片：汉字在人工智能时代的突围

- 写字如做人：汉字中的中国精神

- 从空间站到冬奥会：文化自信的国际表达

- 汉字里的东方哲学智慧

- 当甲骨文遇见二维码：传统文化的现代性转化

坚守，给风沙套上"中国结"！

当世界将流动沙丘视为不可战胜的困难时，中国却用长达 40 年的坚守给世界上第二大的流动沙漠塔克拉玛干套上了"中国结"，中国人把这个人类治沙史上伟大的壮举命名为"锁边工程"，这个举动也给"坚守"这个词做了最生动的注解——用智慧和韧性创造奇迹。

坚守需要智慧。真正的坚守从不是固执地对抗，而是要深刻理解自然规律。塔克拉玛干沙漠的面积约为 33.76 万平方公里，面积比 3 个韩国还大，更可怕的是，塔克拉玛干沙漠的复合型沙丘高达 300 米，相当于 100 层大楼。在 8 级大风的作用下，它就像一头怪兽，严重威胁着新亚欧大陆桥和中巴经济走廊的铁路、公路。

树种不活就先搭建草格子，把沙子固定好以后，再来种其他耐旱植物。60 多年前，中国人在沙漠上扎下的第一枚草方格，象征着 5000 岁的智慧老人和流沙对话的开始。那些浸透汗水的麦草，像极了大篆里朴拙的笔画，在一个个方格中，写下人与自然交流的篇章。中国人的治沙智慧早已超越了征服与被征服的简单对立，真正的守护从不是画地为牢，而是在和自然的对话中找到和大自然和谐相处的密码。

面对年均降水量不足100毫米的极端环境，治沙人没有复制中原地区的植树经验，天山脚下那些和沙漠苦斗了千万年的"苦孩子"，像沙棘、胡杨、骆驼刺、梭梭、沙柳等成了"抗沙先锋"。当它们发达的根系穿透盐碱层汲取到它们早已习惯的苦咸水时，我们读懂了《齐民要术》中"因地制宜"的含义。

创新给坚守以无穷的力量。困境从来不是前进的终点，而是创新的起点。一排排2米多高的光伏板在沙海中架起蓝色长城，既降低了风速，又收集了阳光发电。在光伏板的掩护下，宽100米的梭梭林被种了起来，长大的梭梭林再反过头来保护光伏板。别人把全球变暖当成灾难，而中国人却把它带来的意外洪水创造性地转化为为生态补给的甘霖。此外，中国人已经开始在沙漠里种红枣、核桃、苁蓉等，还开展实验性项目，比如种水稻、养海鲜。新疆立志要成为产粮大省，成为良田万顷、麦浪翻滚的农业天堂。当我们把"绿水青山就是金山银山"变成现实时，也参透了《周易》里阐述的大道——"穷则变，变则通"。

坚守更需要久久为功的坚韧。有的家庭一家三代，拼死抗沙，儿子为抗沙而死，老父亲把儿子葬在沙丘旁，发誓一定要让儿子看到沙漠变绿洲。我们的掌纹里嵌着秦汉长城的夯土，汗水中渗透着愚公移山的倔强，血脉中奔涌着大禹治水的力量。沙漠锁边，这条绵延 3046公里的绿色防护带，相当于从哈尔滨到广州的距离，是中国人用双手共同托举起的生态长城。从都江堰到红旗渠，从坎儿井到塔克拉玛干，中国人用坚守的韧劲创造了"誓把山河重安排"的人间奇迹。

中国是全球荒漠化防治成效最显著的国家之一，毛乌素沙地 93% 的区域得到治理，在塔克拉玛干沙漠边缘，3046 公里的防护林带有效地遏制了沙丘移动。中华民族始终在用行动诠释：真正的坚守，是让每个时代的智慧都能在土地上生根，让每代人的奋斗都成为通向未来的路标。"功成不必在我，功成必定有我"，当坚守成为一种文明基因，再贫瘠的土地上也能绽放出春天。当沙漠光伏板源源不断地输出清洁能源，当一带一路让丝绸古道焕发新生，我们向世界输送的不仅有世界需要的中国制造，更有可持续发展的中国方案。

📖 写作方向

- 从"斗争"到"共生"：谈谈你对人与自然关系的思考

- 从"穷则变，变则通"到"绿水青山就是金山银山"

- 光伏板下的自然密码

- 沙漠里的新边塞诗

- 一封信写给30年后的沙漠

- 一带一路上的中国诗

- 谈生态治理的世界意义和大国担当

- 中国智慧的世界价值

- 继承与创新

关注"好人大哥"，学习更多写出好故事的方法

抖音二维码

视频号二维码

者的奋斗目标，古人梦想的，淄博人做到了。

最是一城好风景，半缘烟火半缘君。假日的淄博是中国最拥挤的地方之一，也是人和人靠得最近的地方之一。四海之内皆兄弟，相逢何必曾相识。一曲《我们走在大路上》，唱出了中国人的道路自信，唱出了中华民族的文化自豪。大同世界的美好图景莫过于此吧！

在最火的时候，做最清醒的事，淄博政府发出劝退信，建议游客到山东其他地区走一走。它给自己泼了盆冷水，却给周围兄弟城市添了一把柴，兄弟们还真没客气，潍坊、日照的文旅部门工作人员大摇大摆地去淄博的烧烤摊上做宣传，送风筝、送特产。淄博礼让全省，全省支持淄博。临沂送去了小葱，东营送去了小羊，潍坊送去了肥猪，青岛送去了啤酒，济南更给力，将一车又一车烹饪专业的毕业生往淄博的烧烤一线送。众人拾柴火焰高，一个好汉三个帮，受圣人教化的山东在中华崛起的关键时刻，当仁不让地担起了文化复兴的历史重任。

登泰山而小天下，天下小而成一家。泰山于山东矗立，黄河从山东入海，孔子在山东诞生，山东人崇礼尚宾、热情好客、淳朴厚道。烧烤为引，真诚为药，辅以人间烟火，可治世态炎凉、人情淡薄；诚信为纲，加以人心相助，定能迎来盛世太平、民族辉煌。

中国式现代化是什么样子？物质文明和精神文明相结合会达到怎样的境界？古人早已为我们描绘出理想之国的美好图景，这就是大同世界。不远的将来，看我煌煌中华，尚礼仪，尊先贤之道，守圣人之德，人间无处不友善，神州无处不淄博，仁义礼智信，温良恭俭让。

善良是上天赐给我们的最大财富

这些年多少名人翻车，苦心经营的人设瞬间崩塌。我做自媒体 7 天，已经拥有上百万粉丝。我始终保持着"好人大哥"的善良本色，甚至可以自负地说，我应该是同量级网红中挨骂最少的主播。我终于感悟到，善良是我最大的护身符，感谢善良。它是上天赐给我的最大财富。

我没有结婚，却一直被不少人深爱着。我没有亲生孩子，却在 35 岁那年当了两个孩子的爸爸。孩子是我从大街上捡的，现在大女儿已经成家，小儿子已经大学毕业参加工作，他们一直叫我"叔叔"。他们长大成才后，我尽量疏远他们，因为这个世界上只有我知道他们苦难的过去。疏远他们，能让他们与不自信的过去告别。每到父亲节，我都会收到他们的祝福："叔叔，节日快乐！"当年收养他们时，我并不期待他们给我养老，而是希望街上少两个流浪的孩子，那样的话教室里就会多两个为祖国建设添砖加瓦的读书郎。我不仅收养了这两个孩子，还负责照顾他们患有精神分裂症的妈妈。两个孩子流浪了 10 年，为了让他们重返校园，我带着他们一家三口去体检。在给孩子抽血时，他们的妈妈不同意。于是，我多开了一张验血单，给他们的妈妈演示抽血没事。精神失常的妈妈在衣服里塞了一个包，说自己怀孕了，还告诉别人这个孩子是我的——这让我差点精神失常。

　　32 岁那年，我失去了妈妈。有一次采访，我遇上一条被人收养的 10 岁老狗，它小时候被人毒打过，双目失明。收养它的主人住在没有电梯的 6 楼，这条狗因为常年缺少运动，体重已经 70 多斤，它不能自己上下楼，我们把它抬下来还要抬上去。重病在身的它不可能再有下一个春天了，于是我决定带它完成最后一次春游。我带老狗来到当初它被收养的地方，它突然发出呜咽的声音，现场的人也都哭了。我之所以执拗地坚持要带这条狗去春游，是因为我曾经答应我的妈妈要带她去旅游，但妈妈走得太突然，我就用以这种方式来弥补对妈妈的遗憾。3 个月后，老狗去世。我从来没有觉得看到一条老狗联想起自己的妈妈有什么不妥，我讲故事只是把自己最真实的想法讲出来，而最真实的往往是最打动人的。我收留了 14 只流浪猫，还收留了2条流浪狗，我要给它们最幸福的生活。因为善良，我有了太多感人的故事；因为善良，我有了鞭挞丑恶的自信；因为善良，我在难以判断的是非面前有了"常在河边走，就是不湿鞋"的正确认知；因为善良，我有了教人向善的底气。

前些日子，我接到一个诈骗电话。对方信誓旦旦地说着骗人的话术，我一直在苦口婆心地劝他别干缺德事。为了妈妈，更为了自己，我都把自己给说哭了。他挂了电话没多久，又打来电话说："哥，你能帮我找份工作吗？"后来，我帮他找了份销售的工作。

有一位没见过面的粉丝，添加了我的微信，突然要和我语音通话，说他把别人存在他那里的珠宝全卖了，卖的钱，做生意赔了，想去公安局自首。自首前，他想和我聊聊。我让他把自己所有的钱都先转给被骗的人，哪怕只有几元钱，表明态度，争取从宽处理。我给他转了500元，他没收，说了句："谢谢大哥，你是好人！"

我帮助过很多人改变命运，把农民工、服务员培养成能在北京买车、买房的电视编导、企业老板；让很多流浪的小猫、小狗有了温暖、幸福的家；让马路上快干死的蜗牛找到湿润、安全的家；让寒风中快被冻死的花花草草重获新生、枝繁叶茂。因为善良，我获得了快乐的密码，我因看到别人开心而开心；

如果所有人都开心，我也就成了全世界最开心的人。

帮助别人比自己挣钱更开心，因为开心，所以年轻，这就是我看上去很年轻的秘密。我已经 56 岁了，刚才下楼时，仍然被人叫"小伙子"。我坚信 60 岁的我应该比现在还年轻，也坚信我一定能长寿，因为这个世界需要我。年轻就可以不给别人添麻烦，长寿就能为别人做更多的事。

我们生而为人，而且能够成为一个善良的人，这是上天对我们最大的恩赐。善良的人感受到的人间快乐和美好是坏心眼的人永远感受不到的。我的人生过得简单、轻松、精彩，我无须包装、隐藏，只需真真实实地展现自己，活着一点都不累。

书写完了，我希望它能帮助更多的人。讲好中国故事是时代对每个中国人的要求，会讲故事是无数人生存的必备本领。我想给予大家的不仅仅是谋生的技能，更是让大家快乐生活的密码。